全新知识大搜索

人文风景线

RenWenFengJingXian

杨佳　主编

吉林出版集团有限责任公司

前言

　　人们每每说到古埃及时，除了对它源远流长的灿烂历史抱以敬意外，还会被奇特的尼罗河文明深深吸引，古埃及的文化结晶是人类文明中极为珍贵的部分。其中金字塔记载着古埃及的历史与传说，是古埃及文明的代表。而这些在五六十个世纪前修建的建筑，在建筑学、数学、几何学、物理学等方面给后人留下了许多神奇的、有趣的而又充满智慧的暗示，人们不禁会问：在没有现代机械工具协助的情况下，这些高大雄伟的金字塔是怎样建成的呢？

　　苏美尔文化则为我们呈现了另一番风景，苏美尔人不仅了解地质学，知道如何获得矿石和其他方面的工艺，而且还制造出完全不同的金属以及世界上第一种合金和青铜。更令人惊奇的是，在苏美尔人的古老典籍中，我们能找到与现代星相图几乎毫无二致的图案。难道他们在当时就已发明了现代的测绘仪器？

　　近代科学家和考古学家在世界各地陆续发现了大量谜一般的人类化石、人造工具、人造建筑物等人类文明遗迹。这些文明遗迹遗留在地下、地面上、山上、山洞中、海底甚至天上，如埃及的大金字塔、玛雅文明、希腊文明等等。人们通过现代科学方法测定了它们的年代，结果发现，这些文明古迹具有极其遥远的历史，从几万年、几十万年、几百万年、几千万年，直到数十亿年。不仅如此，这些文明还具有极高的科技、艺术、文化水平。

　　在世界上的许多民族的民间故事和神话故事中，都流传着关于人类远古时期文明的种种传说，来自不同民族的传说具有惊人的相似之处，如关于史前亚特兰蒂斯大陆文明的描述等等。虽然现在人类文明已高度发达，但人类从何而来？又去向何处？在这片绚丽的文明大地上，湮没了多少历史的足迹？人类文明又是如何铸就了一个个令现代人叹为观止的奇迹？……这一连串的问号让我们在思考人类文明的过程中，更加感叹人类的智慧潜力是多么的巨大，甚至于超乎想象。带着这些疑问，本书将带领读者拨开历史的尘埃去回溯人类古文明的历程，再现古文明的灿烂与光辉。同时，本书还将带领读者走进精彩纷呈的文化艺术领域和神秘莫测的人体世界，让人们真实地体验艺术探索的乐趣以及种种难以想象的文明奇迹。

　　人类文明从发祥到现在，经历了漫长的历史，那每一页翻过的历史、每一个辉煌的创举都记载着人类前行的脚印，仿佛一颗颗明星，照亮历史的天空，闪烁着勤劳和智慧的光芒！

目录 MuLu

目录 MuLu

第一章　人文大观园

　　从远古蛮荒的原始丛林中走出来，人类点燃了文明的星星之火。几百万年的积淀和传承，几百万年的交融与碰撞，先人们用智慧和生命创造出了辉煌的文明。追溯远逝的历史，人文之花曾遍地开放，人文的天空星光灿烂。穿行在人文风景的迷人园林，我们为那些凝结着人类智慧和灵性的人文风景由衷地感动和自豪。如春风轻拂杨柳，如清泉流过山涧，人文的风景让人心旷神怡，回味难忘。我们感叹，人类在苦心堆砌自己家园的同时，又亲手打碎自己用心血铸就的作品。

　　悠悠岁月，人文风物或有雨打风吹去，或有花果飘零，化成了史册中一段段冰冷的字符，但人文的理想却薪火相传，人文的精神还传之久远。不管要面对多少无助和彷徨，也不管要经历怎样的苦痛和艰难，我们仍孜孜以求，去探求人文的真谛，去为人文风景的园林添砖加瓦。如金字塔般的神秘、卫城式的悲吟、思想者状的挣扎，我们的灵魂和肉体都陷入了无法解脱、永无休止的探索。我们珍惜、呵护历史弥足珍贵的馈赠，我们也在不断地创造供后人享用和缅怀的遗产。传承才能厚重，创新才可超越，擎着梦想和希望前行，人文风景的世界一定会更加绚烂多姿。

☀ 原始文化

　　原始人类在长期的劳动和生活实践中创造了他们的文化。原始人的抽象思维能力还很弱，所以数学知识很差，有些部落开始只能计算5或10以内的数字，到末期才发明了用刻痕和结绳来计算数字。他们具有一定的医药知识，能区别一些病症，知道一些药物，但原始医学往往和巫术相纠缠，治病时常常使用咒语或魔法。原始社会先后出现了洞穴绘画和雕刻、雕塑作品以及造型纹饰和图案，还产生了音乐、舞蹈等原始艺术。原始人类已能根据星辰辨别方向，具有最原始的预测天气的能力。尽管这些文化十分幼稚和贫困，但却为后世的文明奠定了基础。

☀ 埃及文化

在非洲北部，尼罗河孕育了古代高度发达的古埃及文化。金字塔是其文化的象征。古埃及人具有高超的建筑才能，他们先后建造了大大小小共一百余座金字塔，其中规模最大的胡夫金字塔高146.5米，由230万块巨石砌成，每块巨石约重2.5吨。古埃及人能使用高超的防腐技术制作木乃伊，把人的尸体完好地保存几千年。他们发明了纸草作为书写材料，在公元前3000多年就开始使用象形文字，用图形表示事物，也能表示音节，为以后的字母文字奠定了基础。通过对尼罗河河水涨落的观察，他们制定了世界上最早的太阳历，全年365天，分12个月，每月30天，年终再加5天。这种历法经过修改后，现在被世界上绝大多数国家所采用。

☀ 苏美尔文化

大约公元前3000年，两河流域南部的苏美尔人已经建立了数以十计的城邦，这是迄今知道的人类最早的文明。公元前3000年苏美尔人创造了"楔形文字"。苏美尔人还编制了太阴历，分一年为12个月，每年354天，设置闰月加以调整。古巴比伦时期，人们能够把恒星和五大行星区别开来。新巴比伦时代，人们能够预测日、月蚀和行星的会冲现象。同时，人们又以7天为一周。在巴比伦时代已兼用十进位和六十进位，并把六十进位法用于计算周天的度数和计时。古巴比伦人已经掌握四则运算、平方、立方和求平方根、立方根的法则，还会解三个末知数的方程。

☀ 古巴比伦文化

　　公元前18世纪，在亚洲幼发拉底河和底格里斯河的两河流域，古代的苏美尔人和阿卡德人在这里建立了古巴比伦王国，它是四大文明古国之一。古巴比伦文化达到了很高的程度：制定了古代第一部较完备的成文法典，即汉穆拉比法典；通过观察月亮圆缺变化的规律，把每个月能见到月亮的28天分成四等份，把每一等份即7天作为一周，这就是我们今天还在使用的7天一星期的制度；建造了一座奇特的"空中花园"，与埃及金字塔齐名，是古代奇迹之一；使用了十进位法和六十进位法，把圆周分成360度。

☀ 古印度文化

在南亚次大陆上，曲折南流的印度河和恒河孕育了人类又一个文明古国。早在公元前 2500 年，这里就产生了高度发达的古代文化。为了适应灌溉农业的需要，古印度人推算出季节和洪水泛滥的时间，制定了精确的历法，把一年分为 12 个月，每月 30 天，每隔 5 年加 1 个闰月。古印度人发明了包括零在内的 10 个数字符号，还发明了一般通用的计数法。后来，这些数字和计算方法由阿拉伯人传到欧洲，人们把这些数字看成是阿拉伯数字。古印度产生了《摩诃婆罗多》和《罗摩衍那》两部史诗，规模庞大，气势恢弘，是世界文学史上著名的长诗。

古希腊文化

公元前 8 世纪，在希腊兴起了许多城邦，其中较强大的是雅典和斯巴达。他们创造了极其繁荣的古代文化，为现代欧洲文化奠定了基础，是现代欧洲文化的"母亲"。在建筑、雕塑、天文学、数学等方面，古希腊人进行了许多开创性的工作，取得了惊人的成就。古希腊是文学的一片沃土，创作了《伊索寓言》、《荷马史诗》等至今广为流传的文学作品。古希腊的戏剧也达到了极高的水平，《被缚的普罗米修斯》现在读起来还很令人感动。古希腊涌现了一大批哲学家，像苏格拉底、柏拉图以及亚里士多德等在世界史上占有重要的地位。

✺ 古罗马文化

　　古罗马人在吸收周边各地区的传统文化，特别是希腊文化、伊达拉里亚文化和东方文化的基础上，创造了自己的文化。罗马最早的文学形式是民间诗歌。公元前 3 世纪，罗马产生了第一位诗人安德罗库斯。罗马文学的最高峰在屋大维时期，以维吉尔、贺拉斯和奥维德三位诗人的诗歌最为杰出，构成了罗马文学的"黄金时代"。艺术方面，罗马建筑的特点是大圆柱形。最有名的是帕第奥斯神庙（万神庙）。史学方面，古代罗马大约于公元前 5 世纪中叶产生了最早的历史作品。古罗马文化对于整个欧洲文化，乃至于整个世界的文化都产生了极其深刻的影响。

✺ 阿拉伯文化

阿拉伯文化指居住在西亚、北非地区的阿拉伯民族创造的文化，以伊拉克的巴格达城和埃及的开罗城为中心。在自然科学领域，阿拉伯人依靠星辰识别方向、判断气候、确定礼拜、方向和时间。后来，农业的发展和航海的兴盛更促进了对天文学和数学的研究，现在欧洲语言中的天文、数学术语很多都来自阿拉伯语。印度的数字、零号及十进位法通过阿拉伯传入了欧洲，后来演变成了现代通用的阿拉伯数字。在人文社会科学领域，《天方夜谭》等小说是阿拉伯民族独特的贡献。阿拉伯文化把东方文化和西方文化融于一体，堪称伟大的文化使者。

☀ 阿斯特克文化

中美洲后古典期印第安文化，主要分布于墨西哥中部地区。阿斯特克农业发达，在人工排灌及使用肥料等方面都超过玛雅人。首都特诺奇蒂特兰位于今墨西哥城地下，人口可能有30万，超过同期伦敦人口。城内街道、房屋整齐，并筑有10余千米长的防水长堤。城中心大广场上建有40余座金字塔形台庙，塔顶建有供奉主神太阳神和雨神的神殿。该文化的陶器以橙黄色地、黑色彩绘为特征。工艺品主要为绿松石雕刻、鸟羽镶嵌和金、银、铜制品。"第五太阳石"代表了其石雕艺术的高度水平。阿斯特克人使用图画文字并有少量写本传世，历法有圣年历与太阳历两种。

✺ 玛雅文化

　　玛雅文化的发源地在墨西哥的东南部和危地马拉的中部。大约公元前2000年到公元1000年，玛雅人在这个地区生息、劳动。他们掌握了十分丰富的数学和天文历法知识，采用二十进位制，比欧洲人早好几百年知道了"零"的概念，精确地算出一年是365.242天。他们有自己的象形文字，并且用象形文字在石碑上刻述各种历史事件。玛雅人长于建筑和艺术，留下了许多富丽堂皇的庙宇、陵墓和丰富多彩的雕刻、壁画，其中博南帕克的壁画已成为世界艺术的宝藏之一，所建造的金字塔比埃及人建造的还要精美。玛雅人在各个领域取得了辉煌的成就，成为印第安文明的杰出代表。

✺ 印加文化

　　南美安第斯地区印加帝国统治时期的印第安人文化，中心在秘鲁南部库斯科地区。印加人的道路是世界上最杰出的古代工程之一，能建横跨河谷的木桥、石桥和藤条吊桥。库斯科城的宫殿、庙宇都用巨大的石块建造，石块接缝处衔接紧密，刀片都难插进。彩陶和棉毛织品造型优雅，图案丰富，色彩绚丽。库斯科太阳神庙中的金制巨形太阳盘上镶嵌着人面像，是印加人装饰艺术的杰作之一。印加人已有一定的天文知识和历法，历法用太阴月。他们有一些"图画文字"，但是用来记事和传递消息的是"基普"结绳文字。印加人已能制木乃伊，并对麻醉药物颇有研究。

☀ 石头的圣经——金字塔

　　世界古代七大奇观之一。古埃及人相信灵魂不灭，保住尸体能复活永生，因此统治者都重视陵墓建造。目前发现的古埃及金字塔约80座。其代表是公元前27～前26世纪建于今开罗近郊的吉萨金字塔群。它包括胡夫金字塔、哈夫拉金字塔、孟卡拉金字塔和斯芬克斯像（狮身人面像），以及西、南两面长方台式墓与多座小型金字塔。塔身是精确的正方锥形，高大、厚重、简洁，气势宏伟。彼此的平面位置沿对角线相接，群体轮廓参差变化。胡夫金字塔高146.5米，边底长230.6米，由北侧离地面14.5米处的入口经长甬道可达上、中、下三个墓室，其顶部由几块几十吨重的大石构成。

巴比伦空中花园

　　巴比伦空中花园建于公元前 6 世纪，是新巴比伦国王尼布甲尼撒二世为他的妃子建造的花园，被誉为世界古代七大奇观之一。希腊历史学家斯特拉博和狄奥多罗斯对此园有不同的记载。据后者的描述，该园建有由不同高度的越上越小的台层组合成的剧场般的建筑物。每个台层以石拱廊支撑，拱廊架在石墙上，拱下布置成精致的房间，台层上面覆土，种植各种树木花草。顶部有提水装置，用以浇灌植物。这种逐渐收分的台层上布满植物，如同覆盖着森林的人造山，远看宛如悬挂在空中。这座花园可算作是最古老的屋顶花园。

亚历山大灯塔

　　古代最著名的第一座人工灯塔，世界古代七大奇观之一。遗址在埃及亚历山大港口附近的法罗斯岛上，约公元前280～前278年由埃及国王托勒密二世建成。据记载，灯塔共4层，高约130米。正方形底层有供人员住宿和存放器物的300多个房间与洞孔，其上为八面体建筑。灯体所在的第3层为圆形，最上为海神波塞冬的巨大塑像。所用灯体，或说为金属镜，靠反射日光和月光导航；或说为长明火盆。7世纪埃及国王拆毁灯体部分，880年曾修复。1100年左右遭地震破坏，仅存底层。1326年再遭地震之灾，灯塔全毁。15世纪在塔基上修筑了城堡，1966年，城堡成为航海博物馆。

🌟 罗得港巨人雕像

　　希腊古代著名的青铜雕像，世界古代七大奇观之一，又称赫利阿斯像或阿波罗像。建于爱琴海东南部罗德岛上，公元前3世纪由希腊著名雕刻家卡勒斯设计创作。在古希腊，罗德岛是地中海东部经济和文化中心之一，公元前4世纪末，成为埃及和马其顿两个强国争夺的对象，岛上居民倾向埃及。马其顿皇帝亚历山大派狄米德里乌斯率兵对该岛进行围攻，后被击退。为庆贺胜利，罗德岛人用缴获的军械熔铸成这座巨像。据记载，太阳神巨像耸立在罗德岛港口，高36米。神像昂首举步立在白色大理石基座上，右手高举火炬，左手持强弓。公元前224年毁于地震。

✸ 摩索拉斯陵墓

　　小亚细亚古国哈利卡纳苏王国国王的陵墓，世界古代七大奇观之一，位于土耳其布德伦港。哈利卡纳苏是希腊城邦国家，公元前4世纪，摩索拉斯统治时期国家强盛。为宣扬自己的威力和财富，摩索拉斯在世时就请人设计好陵墓。公元前353年他去世后，王后阿尔拉米西娅下令动工修建。当时希腊许多著名的建筑师和雕刻家参与了这项工程。摩索拉斯陵墓为神庙式建筑，吸收了东方和希腊的艺术精华。其外观为长方形，底座用巨大的大理石砌成，上面围绕着中央祠堂竖立着36根爱奥尼亚式圆柱。整座建筑高约50米，体积庞大，结构奇巧。公元15世纪毁于地震。

✸ 阿耳忒弥斯神庙

世界古代七大奇观之一，位于土耳其以弗所城外东北郊，濒临爱琴海。阿耳忒弥斯为希腊神话中的月亮和狩猎女神。神庙约建于公元前600年，公元前356年焚毁，后重建。占地面积6300多平方米，系伊奥尼亚式建筑，结构极为复杂。神庙有10级台阶，四周共有127根柱子分两行排列，每根柱子高18米，支撑着用大理石铺成的屋顶。残存的石柱至今仍光滑如玉。石柱雕刻着许多神话故事，32根石柱的鼓形基座也刻有浮雕。此外，正面两个山墙上也有雕刻，现存的3根石柱柱础刻有1米多高的神话故事浮雕，装饰华丽。幸存实物大部分收藏于伦敦不列颠博物馆内。

☀ 故宫

中国古代皇宫，又名紫禁城，坐落在北京市中心，是明、清两代的皇宫。于明永乐四年（1406年）始建，永乐十八年基本建成。虽经明清两代24个皇帝多次重建和扩建，但它仍然保持初建时的布局，至今已有500多年的历史，是现存世界上最大的木结构古建筑群。故宫占地72万平方米，建筑面积15万平方米，有殿堂900余间，周围宫墙约3千米，4个城角耸立着绮丽的角楼，整个建筑威严肃穆，金碧辉煌。故宫于1914年成立故宫博物馆。新中国成立后，对这座古建筑群进行大规模修缮，开展文物保护和征集工作，使故宫博物馆收藏更加丰富。

☀ 宙斯神像

　　世界古代七大奇观之一，坐落在希腊伯罗奔尼撒半岛西部皮尔戈斯附近的奥林匹亚村的宙斯庙中，该庙建于公元前6世纪。该雕像由希腊建筑师与雕刻家菲迪亚斯创作，像高12.5米，坐姿，神像右手握一胜利女神雕像，左手擎一带鹰的节杖，雕像外穿的王袍用黄金页制成，裸露的头、手、足则用象牙雕刻。雕像的宝座用蓝黑色的埃莱夫西斯石精雕而成，上部嵌有黄金的众神浮雕。公元2世纪，象牙部分出现裂痕，曾经修补弥合。恺撒大帝时代，雕像曾遭雷击。后来在狄奥多西二世统治时期，神像被运往君士坦丁堡，公元475年毁于火灾。

☀ 秦始皇兵马俑

兵马俑在秦始皇陵的从葬坑，位于陵墓东侧约1500米处，1974年发现，是当代最重要的考古发现之一。一号坑是当地农民打井时发现的，后经钻探又发现了二、三号坑，其中一号坑最大，面积达1.426万平方米。三个坑共挖掘出700多件陶俑、100多乘战车、400多匹陶马、10万多件兵器。陶俑身高在1.75米至1.85米之间，根据装束、神态、发式的不同，可以分为将军俑、武士俑、车士俑等。坑内还出土了剑、矛、戟、弯刀等青铜兵器，虽然埋在土里2000多年，依然刀锋锐利，闪闪发光，可以视为世界冶金史上的奇迹。秦始皇兵马俑规模宏大，场面壮观，具有很高的艺术价值。

万里长城

春秋战国时期，各诸侯国在边境筑长城自卫，当时长城总长已达上万里。公元前221年，秦朝统一六国后，又调动军民上百万人筑造长城，西起洮河，沿黄河向东，一直到辽东，绵亘万余里，成为我国最早的万里长城。明朝建立后，为防范瓦剌等族骚扰，在北方不断修筑长城。明长城之多，是历代之最。主要长城从鸭绿江边的九连城到甘肃的嘉峪关，全长1.5万余里。长城是人类古代最巨大壮观的工程，体现了建筑上的艺术才思。长城作为中华伟大文明古国的象征，既使我们民族感到自豪，也为世界各地人民所向往，为增进各国人民的友谊做出了重大贡献。

狮身人面像

　　通常指由狮子身躯与人头结成一体的神话中的怪兽或神圣动物的雕像，又称狮身人首像，音译为"斯芬克斯"。最早产生于埃及古王国时代（约公元前2686～前2181年），以后流传于北非、希腊、西亚等地。希腊原文"斯芬克斯"语源不清，可能意为"栩栩如生的雕像"。狮身人面像规格大小不一，小者1米左右，大者可达几十米。埃及最早也是最大的狮身人面像，是坐落在吉萨的第四王朝哈夫拉王金字塔前的大狮身人面像。这一雕像同金字塔相结合，既作为神像让人崇拜，又象征着国王的智慧和力量，是埃及著名的古迹之一。

雅典娜神庙

古代希腊祭祀智慧、技艺和战争女神雅典娜的神庙。它是雅典卫城的主体建筑，屹立在雅典市中心的山顶上，建于公元前447～前432年，由建筑师伊克梯诺·凯里克雷特和雕刻家菲狄亚斯设计。神庙用白色大理石砌成，呈长方形，长70米，宽31米，正殿向东，内有双层叠柱式的三面回廊。神殿外围立有46根廊柱，是维多利亚式建筑艺术的典型代表。山墙、层檐及殿堂内部都装饰着极为精美的雕像和浮雕。神庙几经天灾人祸，里面的古物散落在英国、法国、梵蒂冈等博物馆中，其中最著名的是由菲狄亚斯创作的雅典娜像，现藏于伦敦不列颠博物馆。

宙斯祭坛（帕加马）

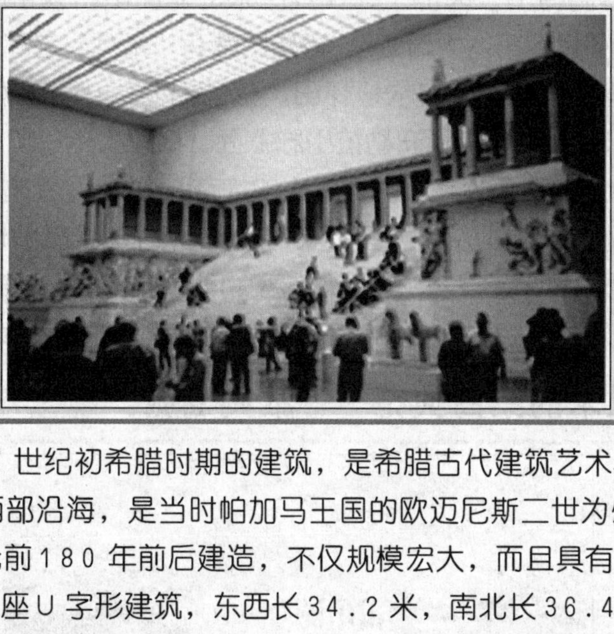

公元前2世纪初希腊时期的建筑，是希腊古代建筑艺术典范之一。位于今土耳其西部沿海，是当时帕加马王国的欧迈尼斯二世为颂扬对高卢人的胜利于公元前180年前后建造，不仅规模宏大，而且具有高超的艺术水平。祭坛为一座U字形建筑，东西长34.2米，南北长36.44米。整个祭坛建筑早已坍毁在地下，沉埋多年。1878～1886年德国考古学者对其进行了发掘，出土的石雕被运往柏林，经复原后建立了专门的陈列馆供世人观赏。

☀ 菲律宾大梯田

又名伊富高梯田，因位于菲律宾吕宋岛北部山岳地带的伊富高市而得名，被誉为"世界第八大奇迹"。该梯田素有"米仓"之称，有2000多年的历史，是世界上最大的水稻梯田。这些沿着大山斜坡修筑建成的梯田，在海拔1524米高的科迪勒拉山脉上面，像巨大的台阶一样，从山脚到山顶，层层上升，蔚为壮观。梯田大的约有2500平方米，小的在4平方米左右，仅比一张双人床大些。梯田大都用石块砌成围墙，石墙最高的有4米，最低的不到1米。如把全部梯田的石墙连接起来，长度可达2.253万千米，可绕地球半周。它是菲律宾人民勤劳与智慧的象征。

☀ 古典艺术的崇高典范——雅典卫城

它是一座供奉保护神雅典娜的神庙，始建于公元前448年。卫城中的建筑物有四种：山门、胜利女神庙、伊瑞克提翁神庙和巴台农神庙。卫城建筑群的全部结构贯穿着崇高的美，贯穿着庄严、和谐和坚毅的品格。公元426年，希腊城邦衰亡之后，卫城中的巴台农神庙被改为基督教堂。公元15世纪，又被土耳其人改为伊斯兰教的清真寺。1687年，土耳其与威尼斯交战，神庙及周围的建筑遇到严重毁坏。1831年，希腊独立，雅典卫城再次引起世人重视。专家、学者纷至沓来，世界各地的旅游者络绎不绝。然而历史的悲剧使人们只能在残垣断壁间追怀古代文明的辉煌。

克诺索斯王宫遗址

希腊米诺斯文明最大、最重要的王宫遗址。位于希腊克里特岛中部伊拉克利翁市南8千米。王宫始建于公元前2000年左右。公元前1750年左右因地震遭破坏，后重建，规模更加宏大，集中代表了克里特岛米诺斯文明的成就。公元前1450年前后为迈锡尼人占领，后毁灭。1900年起英国人A·伊文思开始发掘，部分遗址得到复原。王宫依山而建，规模宏大。已发掘的王宫遗迹大部分属于公元前1700～前1500年的新王宫。王宫建筑总体呈方形，面积达2.2万平方米。

☀ 阿波罗神庙

　　希腊古典时代的宗教遗址，位于希腊中部的帕尔纳索斯山麓。遗址于1892年被发掘。直抵阿波罗神庙有一条"圣路"，两旁依次有希腊各部为供奉太阳神而兴建的"礼物库"、祭坛、纪念碑等。阿波罗神庙长约60米，宽约25米，四面各有42根用精致石料建成的石柱。神庙前设有祭祀阿波罗神的圣坛。古希腊人对此极为崇拜，神庙也因此被视为是世界的中心。神庙始建于公元前7世纪，历史上由于战争几度被毁，公元前370～前330年最后一次重建。这里出土的文物现均收藏于特尔斐博物馆，其中"战车御者铜像"最为有名。

☀ 耶路撒冷古城

巴勒斯坦著名历史古城。犹太教、基督教和伊斯兰教共同的圣地。位于地中海东岸的犹地亚山区之巅，海拔790米。耶路撒冷现存的旧城城墙为公元16世纪土耳其苏丹苏莱曼时代重建的，城墙周长约5千米。城内有犹太教圣殿西墙、基督教圣墓教堂和伊斯兰教圣岩清真寺等。圣殿西墙，犹太人又称"哭墙"，为犹太教圣迹之一。圣墓教堂建于335年，为古罗马皇帝君士坦丁一世的母亲海伦娜太后在耶稣墓地所建，是基督教的圣地之一。圣岩清真寺因传说穆罕默德登天脚踩圣石而得名，为伊斯兰教圣地。

☀ 太阳金字塔和月亮金字塔

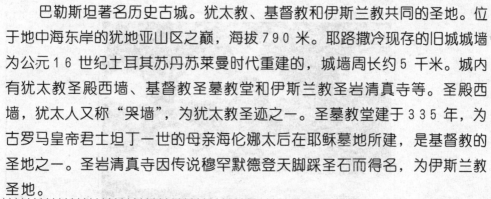

墨西哥古代宗教建筑，位于墨西哥城东北印第安人特奥蒂瓦坎遗址。太阳金字塔是古代印第安人祭祀太阳神的庙宇，在大街的东端，塔基底边长200米，高64.5米，用碎石、泥土和砖坯堆成，外铺石板。塔分成5级，一面有236级阶梯，可登临。月亮金字塔在大街的西端，坐北朝南，建筑形式与太阳金字塔相仿。塔基底长150米，宽120米，高46米，是古代印第安人祭祀月亮的地方。两金字塔的顶层原有太阳神庙和月亮神庙。据18世纪历史学家记载，太阳金字塔顶供奉有太阳神巨像，胸前镶有金片和银板，正对东方，太阳初升时交相辉映，蔚为壮观。现顶部神庙已毁。

☀ 津巴布韦遗址

　　非洲著名石造建筑群遗址。位于津巴布韦东南部、维多利亚堡东南约24千米处。津巴布韦在班图语中意为"石头城"。1867年发现。在津巴布韦已发现约150处这类"石头城"遗址。遗址坐落在花岗岩山丘和前面的一片开阔地带，占地约7.25平方千米。遗址是互相联系的建筑群，用约30厘米长、10厘米厚的花岗岩石块垒成，石块之间未使用任何粘合物。遗址由坐落在120米高的花岗岩山丘上的"卫城"及平地上长径100米、短径80米的椭圆形围场以及两者之间谷地上的建筑群组成。

☀ 底比斯古城

埃及著名古城。古埃及帝国第十八至二十五王朝的都城。位于尼罗河东西两岸的北距开罗726千米的卢克索镇一带。古城面积约15.5平方千米，主要部分在东岸。最北部分称卡纳克，集中了从公元前20世纪～公元1世纪的许多巨大建筑群。其中最大的是卡纳克神庙，又称阿蒙·赖神庙，始建于公元前1870年，是目前世界上仅存的规模最大的神庙。西面1.6千米是卢克索城，有极著名的卢克索神庙。底比斯地区的神庙建筑、雕刻、雕像、方尖碑等被看成是石头的历史文献，对研究新王国时代的埃及历史具有重大价值。

☀ 阿门哈特的石碑

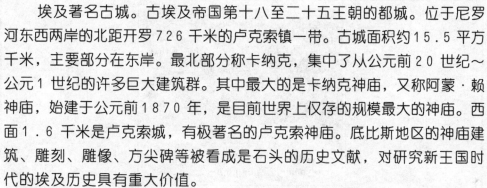

　　阿门哈特的石碑为古埃及中王国第十一王朝（公元前2000年）时期彩色浮雕作品。彩色浮雕类似于立体绘画，形象微微凸出于壁面，外轮廓仍勾线填色，背景空白处阴刻象形文字以表达画中含义。画中人勾肩搭臂形成一个整体。人物和景物都被置于一个平面，在一条水平线上进行构图安排，极富装饰性，造型程式化，富有简练概括单纯的美感。

☀ 哈雪苏女王神殿

　　由第十八王朝著名女王哈雪苏所建，而设计师是女王的宠臣桑曼。神殿坐落在底比斯山的悬崖下，入口处有一排狮身人面兽直达大殿，整个神殿共分三层，中以斜坡走道连接。内有描述哈雪苏女王出生时的神迹，宣称她是创造主阿蒙神之女，以巩固自己的统治地位。哈雪苏女王是十八王朝法老图特摩斯一世的女儿，她嫁给了同父异母的兄长图特摩斯二世，在其夫婿死后成为年幼的法老图特摩斯三世的摄政王，不久即自行宣布是法老，她穿着男装，行使国王的职权，由于埃及在她英明的治理下十分富强，因而颇受朝臣的爱戴。在执政15年后去世，图特摩斯三世夺回政权，就大肆损毁有关哈雪苏的雕塑、神殿，并修改历史，不承认有哈雪苏这位女法老。

☀ 尚博尔城堡

位于法国尚博尔市，是卢亚尔河城堡群中最庞大、最宏伟的建筑。于1519年弗朗索瓦一世时兴建。初为王室小猎苑，全部完工于路易十四时代，为一长156米的白色建筑。占地52.25平方千米。计有房间440间，主楼梯13座，小楼梯70座，窗户365扇，装饰精美的烟囱365座。三面封闭，四角是四座雄浑的塔楼，四边为宏伟的护卫大厅，中心部位是两座石筑雕花、处处对称、盘旋向上的双向大楼梯，直达高33米的屋顶大平台。大平台上又是一座小城。城堡下部的简洁结构和上部的繁杂装饰形成显著的反差，被视为建筑奇迹之一。路易十五时，城堡被赐予战功赫赫的萨克森元帅，元帅死后逐渐废弃。1932年，法国政府买下尚博尔城堡的产权，改为国家狩猎公园。1981年列入世界遗产名录。

万神庙

古罗马著名建筑，是当时跨度最大的空间建筑，位于罗马万神庙广场南面。罗马皇帝于公元120～124年间在公元前27年修建的矩形神庙基础上重建。因供奉罗马司掌天地诸神，故有"潘提翁"之称。门廊面宽33米，16根科林斯式柱子分3行排列，正面为八柱式结构，柱高14.15米。圆形神殿的高度与直径都是43.5米，上半部为半球形穹顶。四周墙壁无窗，只有在穹顶中央开一直径8.9米的圆洞作采光口，阳光呈束状射入殿堂，随太阳方位、角度产生强弱、明暗和方向上的变化，依次照亮7个壁龛的雕像，使人感到有一种宗教的宁谧气息。地面用各色大理石铺成图案。

🌟 残垣的辉煌——古罗马竞技场

　　已知最早的古罗马角斗场在庞培城，建于公元前80年。公元70～82年间所建的罗马大角斗场规模最大，功能完善，结构合理，建筑宏伟。它的设计一直影响到现代的大型体育场。大角斗场建在几座小山之间的谷底，基址本是尼禄皇宫花园里的人工湖。角斗场的前面是贵宾席，中间是骑士席，后面是平民席，可容5万人。表演区呈椭圆形，奴隶们在这里表演角斗或斗兽。表演区与贵宾席前沿有5米多的高差，注水后可以表演水战。底层设出入口，观众对号进入，顺着设在放射形拱内的楼梯登上预定的座位区，各区观众集散互不干扰。

🌟 波斯波利斯宫殿

古波斯帝国波斯波利斯宫殿兴建于公元前518年，历时半个世纪建成。宫殿建造在高12米、长500米、宽300米的石头台基上，以宏伟、庄严和众多的浮雕石像为特征。主要建筑物有大会厅、觐见厅、国王的宫殿、宝库、储藏室等。门楼、门厅、石柱、石阶均以浮雕或石像装饰。王宫西城墙的北端是一对庞大的106级的石头阶梯。大会厅是最大的建筑物，用72根高21米石柱支撑，其中13根至今仍屹立着。觐见厅又名百柱厅，由100根石柱支撑，柱高7.62米，以圣牛、角狮和人面形为柱头。波斯的建筑融合了埃及、巴比伦、希腊各民族的艺术成就，构成自己独特的雄伟壮丽的风格。

✹ 太阳门

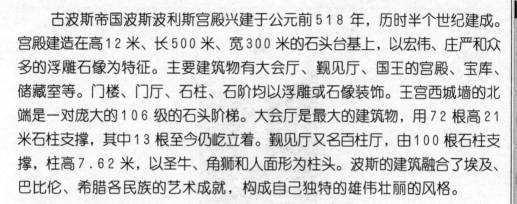

是位于玻利维亚高原地区的巨石门，属于古代秘鲁蒂亚瓦纳科文化时代产物。门上的横楣中间刻着一个神的形象：手握权杖，正面而立，穿着用战俘的头装饰的外衣，方形的头周围刻满了放射状的线，线的顶端有动物的头，权杖的两端也装饰着在美洲象征太阳的秃鹰。两旁各有3排神秘的动物，每排有8个，头上戴着锥形的花冠，手握权杖，跪着双膝面向中间的神。顶部和底部有排列着的人头，一个个睁大眼睛，中间的还举着秃鹰，向着太阳神。门上的浮雕具有浓厚的神秘色彩和复杂的寓意，是当时人对于宇宙现象的理解，其中包含了深奥的历法计数系统。

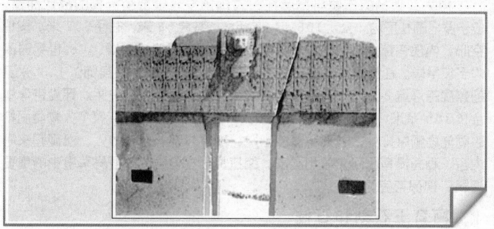

❀ 图拉真圆柱

　　意大利著名的古罗马纪念柱，为颂扬罗马皇帝图拉真的战功而建，位于罗马圆柱广场。公元106~113年建，柱高38米，底径3.7米。圆柱空心，内部有螺旋梯直达柱顶，柱顶原有图拉真青铜塑像，16世纪时改为圣彼得像。柱基内为图拉真墓室，安置金质骨灰盒。柱身饰以1.2米宽的螺旋带浮雕23处，表现图拉真两次征伐达契亚人的史实。螺旋带浮雕全长200余米，刻画人物2500余人，还有胜利女神像。整个人物画面按时间先后顺序排列，表现了备战出发、安营扎寨、俘获敌人、凯旋归来等内容，画面没有任何文字和题款。图拉真圆柱是研究古罗马军事史的重要资料，现保存完好。

❀ 阿育王石刻和石柱

　　南亚次大陆古代的石刻铭文和石柱雕刻，作于孔雀王朝的阿育王时期。据铭文所述，阿育王在统一次大陆北部和中部广大地区后，即下令于各地立柱刻石宣扬王法，崇奉佛教。现存阿育王石刻与石柱，重要者不下30余处。铭文的内容皆为记述阿育王军功政绩和宣扬王道佛法的诏谕。阿育王石柱还是古代印度雕刻艺术的杰作，柱身一般用整块石料刻成，高达十余米，柱顶有莲花形盘座、立狮、牛等雕像。全柱雕制精美，工程艰巨，动物形象栩栩如生。较完整的石柱以南丹格尔所存的为代表，精美的雕刻则以鹿野苑的狮形柱头为代表，其造型图案已被作为印度国徽。

☀ 伦敦塔

　　英国著名古迹。位于伦敦泰晤士河北岸、伦敦塔桥附近。1066年圣诞节后，威廉一世为保卫和控制伦敦城开始营建。后来，历代王朝又修建了一些建筑物，使伦敦塔既有坚固的兵营要塞，又有富丽堂皇的宫殿，还有天文台、教堂、监狱等建筑。整个建筑群反映了英国不同朝代的建筑风格。伦敦塔现为英国著名博物馆之一，陈列有英国和其他国家的古代兵器、王冠、王袍、盔甲等。设在地下室的皇家珍宝馆，主要展出17世纪以来君主的王冠、权杖及王室的珠宝，其中有维多利亚女王加冕时制作的镶有3000多颗宝石的"帝国王冠"和嵌有530克拉宝石的权杖等。

☀ 狮子岩壁画

　　斯里兰卡古代佛教壁画艺术遗存。作于公元 5 世纪末（或说公元 6 世纪初）。狮子岩是一座平地崛起的石山，高 183 米，位于康提城东北 72 千米处。壁画分布于山腰的 4 个洞窟中，由于年久风化，大部分脱落变色，但尚有 20 余处画面清晰可见，色彩绚丽。狮子岩壁画受印度佛教影响，但现存画面无佛像、菩萨及佛徒的形象，全属飞天仙女和女神之类的人物，其中有些可能是古代斯里兰卡神话传说中之"雷电公主"、"云雾女郎"等仙女，具有浓厚的民族特色。

☀ 马达腊骑士浮雕

保加利亚著名古代浮雕，位于马达腊高原距科拉罗夫格勒不远的马达腊村。浮雕在村附近23米高的悬崖上，为8世纪的原始保加利亚部落所刻。浮雕表现原始保加利亚人从东部平原迁到巴尔干半岛定居时一个部落在战斗中取得胜利的情景。一个几乎与真人一样大小的骑士骑在马上雄视前方，马蹄踩在一只身上戳着长矛的雄狮上。骑士后面跟随着一条猎狗。浮雕上还镶有保加利亚三个不同历史时期的三段希腊文字。这些文字分别记载了当时保加利亚和拜占庭之间发生的大事。这类浮雕在波斯帝国的许多地方都可见到，而在欧洲却属罕见，具有重要的历史价值。

● 婆罗浮屠佛塔

印度尼西亚著名佛塔，意译为"千佛塔"，约建于公元8～9世纪。位于爪哇岛中部日惹城西北的婆罗浮屠村。佛塔呈下方上圆阶梯形锥体，通高31.5米。整个建筑物共9层，自下而上依次为方形塔基、方台、圆台及顶端的圆塔，分别代表佛教的"欲界"、"色界"和"无色界"。顶端中央主佛塔佛陀坐禅处由72座钟形小塔簇拥着。整个大塔有各类佛像504尊，回廊总长3200米，有2000幅以上佛本生故事浮雕，记叙释迦牟尼解脱前的经历。塔底四周墙内有160幅表现因果报应的浮雕。此外，还有当时人民生活习俗、人物、花草、鸟兽、果品等雕刻，故有"石块上的史诗"之称。

☀ 拜占庭艺术的结晶——圣索菲亚大教堂

东罗马帝国查士丁尼统治时期于532～537年修建的圣索菲亚大教堂，结构雄伟，装修华丽，融希腊、罗马、叙利亚、波斯风格于一体，是欧洲建筑艺术的结晶。对欧洲中世纪建筑有深远影响，今天依然矗立在伊斯坦布尔。教堂中央是一个巨大的穹顶，直径约31米，高出地面约56米，支架在四座大型拱门之上，穹顶底部是40个大玻璃窗。教堂内部宽敞明亮，旁边是上下双层大理石圆柱，图景逼真，宏伟壮观，使参观者赞美不止。整个教堂以及公共场所的大量雕像，用金属和宝石制成的杯、瓶及精美的装饰品使东罗马艺术工匠们的精工巧技驰名于世。

☀ 伊斯法罕皇家清真寺

又称伊马姆霍梅尼清真寺，伊朗著名的清真寺，原名皇家清真寺，一般称其为蓝色清真寺，位于伊朗伊斯法罕市中心。从1612年阿巴斯大帝在位起，花了30年时间修成，20世纪精心修葺。其造型保持了传统的波斯建筑风格，寺院的内外围墙和一些高大圆柱都以深浅蓝色的小块光彩瓷砖拼嵌成一幅幅瑰丽的波斯图案。该寺有四座高耸的尖塔，正殿和其中两个尖塔朝着西南方向的麦加圣地，正殿与清真寺正门恰好形成40度锐角，结构科学严谨。站在正殿中心的一块方砖上，对中穹形屋顶拍手，立刻会传来7下回音，因此又称为七音殿。

☀ 威斯敏斯特教堂

英国著名基督教新教教堂，位于伦敦议会广场西南侧。正式名称为"圣彼得联合教堂"。其前身为816年撒克逊国王塞伯特所建的隐修院。教堂有圣殿、翼廊、钟楼等，平面为拉丁十字架形，总长156米，宽22米，大穹隆顶高31米，钟楼高68.5米。整个建筑被认为是英国哥特式建筑中的杰作。该教堂为英国国王加冕和王室成员举行婚礼的地方，也是国王的墓地。此外，英国许多名人死后也埋葬在教堂之内或在此树立纪念碑。教堂内的"诗人角"是诗人和作家的墓地，其中有科学家牛顿、达尔文，作家狄更斯、哈代等。两次世界大战中阵亡的英国官兵的花名册也保存在教堂内。

☀ 中世纪的完美之花——巴黎圣母院

　　法国建筑史上的杰作。它有700余年的历史，坐落在巴黎市中心塞纳河中的小岛上，是一座典型的哥特式教堂。建筑由竖直的线条构成。正面有三重哥特式拱门，门上装点着犹太和以色列的28位国王的全身像。院内外都装饰着精美的雕刻。栏杆上也分别饰有不同形象的魔鬼雕像，状似奇禽异兽，这就是著名的"希魅尔"。教堂的正面即西立面构图完整，既有鲜明的垂直划分以强调向上的动势，又有显著的水平联系。立面雕饰精美，中心的玫瑰窗直径13米，极为美丽，是法国哥特式教堂的典型形象，也是以后许多教堂的范本。

☀ 法兰西的故宫——卢浮宫

位于巴黎塞纳河畔的卢浮宫是世界上最壮丽的宫殿之一，举世瞩目的艺术殿堂和万宝之宫，也是世界上首屈一指的美术博物馆。其藏品之精美丰瞻，驰名寰宇。这座历史久远的宫殿建筑不仅样式古典，规模宏大，代表了法国建筑艺术的成就，同时还是一部活生生的法国建筑艺术史。卢浮宫占地总面积约 3 万平方米，宫中画廊长约 300 米。馆内的藏品被分为：东方古代文物、埃及古文物、希腊罗马古文物、雕塑作品、绘画作品、工艺美术作品、素描作品等七大部分。在这座艺术宫殿中藏有最著名的"宫中三宝"："爱神维纳斯"、"胜利女神尼卡"和"蒙娜丽莎"。

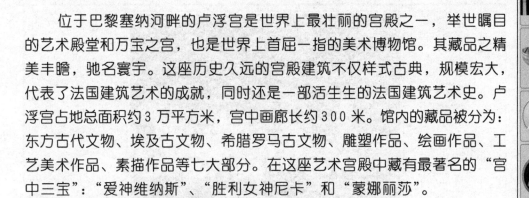 蓬皮杜艺术文化中心

坐落在法国巴黎市中心的蓬皮杜艺术文化中心建于 1972～1977 年。主要包括四个部分：公共图书馆、现代艺术博物馆、工艺美术设计中心及音乐和声响研究中心。它的外貌奇特，钢结构梁、柱、桁架、拉杆等，甚至涂上颜色的各种管线都不加遮掩地暴露在立面上。就广义而言，蓬皮杜艺术文化中心的建筑设计也可以说代表了现代建筑中"重技术派"的作品，在国际建筑界引起广泛注意，对它的评论分歧很大。有的赞美它是"表现了法兰西的伟大的纪念物"，有的则指出这座艺术文化中心给人以"一种吓人的体验"，有的认为它的形象酷似炼油厂或宇宙飞船发射台。

☀ 枫丹白露宫

　　法国著名历史建筑，位于巴黎东南65千米的枫丹白露森林内。现存的建筑有13世纪圣·路易时期的一座城堡、6个朝代国王修建的王府、5个不等形的院落、4座代表4个时代特色的花园。建筑外部设计由法国建筑师承担，因此仍保留着传统的法国哥特式手法。内部装饰由意大利著名画家普利玛蒂乔和雕塑家切利尼等人完成，形成了熔法意两国艺术风格于一炉的枫丹白露画派特色。其中亨利二世廊的设计尤为出色，这是一条长条形大厅，天花板用木板镶拼几何图案，侧墙装饰是典型意大利式，墙面分割比例接近柱式，下部是胡桃木雕的墙裙，上面装饰着浮雕、壁画。

☀ 柬埔寨的艺术瑰宝——吴哥窟

又称吴哥寺，柬埔寨暹粒省暹粒市的一座印度教——佛教庙宇，在吴哥城南大约1千米处，是柬埔寨古代石构建筑和石刻艺术的代表作。吴哥寺的立面构图颇具匠心：水平方向伸展很长，用廊柱加以垂直分划，群塔轮廓曲线柔和，如春笋般显示出向上的动势，形象端庄秀丽、和谐统一。寺外有石砌的内外围墙，寺内有回廊、小屋、佛龛、神座等。廊壁布满精美绝伦的雕刻，题材取自印度古代史诗《摩诃婆罗多》和《罗摩衍那》中的故事，也有描绘苏耶跋摩二世出征的图景，构图精美，形象栩栩如生，浮雕长达800多米，是吴哥窟的绝美之处。

大理石上的诗——泰姬陵

泰姬陵是伊斯兰建筑艺术的精品，带有浓厚的古代波斯建筑风格。位于亚格拉市的亚穆纳河南部。印度皇帝沙贾汗为了纪念"沙贾汗第一夫人——穆特兹·玛哈尔"兴建了这座纪念堂，人称"泰姬陵"。工程从1635年到1653年整整花了18年时间，动用了2万个劳动力。泰姬陵长576米，宽293米，是一个长方形的花园，整个陵园占地17万平方米。整个陵墓的设计体现了伊斯兰教"天圆地方"的概念。泰姬陵是印度古代建筑艺术发展的顶峰，也是莫卧尔帝国沙贾汗时代精神风貌的象征，从中也间接地反映出当时的政治、经济、文化和宗教状况。

☀ 历史兴衰的见证人——白金汉宫

　　白金汉宫是英国王宫。位于伦敦的中心区域，东临威斯敏斯特区圣詹姆士公园，西接海德公园。整个宫殿环境幽雅、宏伟壮观，是英国王室生活、工作的地方。1821年，国王乔治四世聘请了当时英国最有名的建筑家约翰·纳什设计建造白金汉宫。整个工程从1825年开始，到1836年竣工。从19世纪20年代到1913年，白金汉宫按意大利风格进行重建。重建的白金汉宫，由3座相连的宫殿大楼组成。白金汉宫是在"国旗不见日落"的帝国极盛时期重建的，是世界上最为恢宏、豪华的宫殿之一。王宫内设有宴会厅、典礼厅、音乐厅、画廊、图书室等600多个厅室。

☀ 凡尔赛宫

　　古典主义建筑的代表作。原为法国王宫，在巴黎西南。凡尔赛本是狩猎场，1661年路易十四决定在这里建造凡尔赛宫，显示君权的威严，是法国专制君权强调严格秩序的唯理主义思想同巴洛克建筑开放布局结合的产物。凡尔赛宫的规模和面貌主要是在1678～1688年间由孟萨确定的。凡尔赛宫南北两翼总长度达402米。南翼是王子和亲王们的住处，北翼是法国中央政府办公处所，并有教堂、剧院等。宫内有宽阔的联列厅和富丽堂皇的大理石大楼梯，并有壁画和各种雕像。在中央部分的西南，孟萨设计了凡尔赛宫最主要的大厅，即73米长、10米宽、13米高的镜廊。

伦敦圣保罗大教堂

　　1675～1710年建造的英国国教中心教堂，古典主义建筑的纪念碑。英国建筑师雷恩设计。大教堂原方案的平面是希腊十字形，带有一个突出的门廊。教会要求有一个较长的大厅，以适应传统礼仪的需要，因而改成拉丁十字形平面。建筑物全长157米，总高108米。教堂的平面由严格精确的几何图形组成，布局对称，中央穹顶高耸，由底下两层鼓形座承托，鼓形座周围是一圈柱子。穹顶直径34.2米，有内外两层，既考虑了外观，又顾及内部空间效果，还可以减轻结构重量。四周的墙用双壁柱均匀划分，每个开间和其中的窗子都处理成同一式样，使建筑物显得完整、严谨。

🏵 圣彼得大教堂

　　世界上最大的天主教堂，1506～1626 年建于罗马。它凝聚了几代著名匠师的智慧，是意大利文艺复兴建筑的纪念碑。圣彼得大教堂由教堂、梯形广场和圣彼得广场组成。大教堂正面墙的左右两角有两座大钟，正面墙顶端有 13 尊石像，居中手执十字架者为耶稣。教堂的大穹顶的十字架顶尖距地面 137.8 米，是罗马城的最高点。教堂内十字形纵横轴交点是教堂的中央，也是教皇祭坛。祭坛下面是彼得墓地。圣彼得大教堂是一座综合艺术博物馆，内有祭坛 44 座、大理石雕像 104 尊、石膏像 90 尊，还有珍宝馆和地下墓。大教堂建有屋顶平台，可拾级登临，鸟瞰世界天主教中心——梵蒂冈全景。

🏵 高原明珠——布达拉宫

　　雄居于西藏拉萨市红山之巅的布达拉宫至今已有1300多年的历史。它高117.19米，长360米，南北宽270米，整个宫殿金碧辉煌，像是一颗镶嵌在青藏高原上的明珠。布达拉宫包括山上的宫堡群、山前的方城和山后的龙王潭花园三部分，共占地40万多平方米。布达拉宫极具民族建筑风格特色，分红白二宫，白宫为历世达赖喇嘛起居和处理政教事务的地方；红宫主体建筑便是达赖圆寂后修建的灵塔殿和各类佛堂。宫殿内有五世至十三世达赖的灵塔，以五世达赖和十三世达赖的灵塔最为豪华。宫殿内还存有大量的珍贵文物、佛教经典等。至今，宫内一直供奉着文成公主的塑像。

帝国风流的雄狮——凯旋门

　　凯旋门是巴黎最著名的名胜之一，坐落在著名的巴黎星辰广场中央，高50米，宽45米，厚22米，内装有电梯。法国历史上最著名的军事天才，一度让欧洲各国封建统治者闻风丧胆的法兰西第一帝国皇帝拿破仑，为了纪念1805年在奥斯特利茨战役中击溃奥俄联军的功绩，于1806年下令动土兴建凯旋门，整个工程花费了30年的时间。凯旋门上有许多精美的雕刻，右侧石柱上刻有著名的大型浮雕《马赛曲》，门的正面下方有1920年建造的无名战士墓，墓前点着常年不灭的火炬，还有天天供奉不断的鲜花。凯旋门现已成为法国辉煌历史和强国地位的象征。

✳ 克里姆林宫

042

　　莫斯科克里姆林宫始建于12世纪。16世纪中叶起成为沙皇的宫堡，17世纪逐渐失去城堡的性质而成为莫斯科的市中心建筑群。18世纪下半叶建造的枢密院大厦巧妙地使穹顶处于红场的中轴线上，丰富了红场建筑群的景观。而在克里姆林宫墙内，枢密院大厦又能与周围建筑配合协调。19世纪上半叶又建造了大克里姆林宫、兵器陈列馆和高达60米的伊凡钟塔，这些不同特色的建筑物形成完整的克里姆林宫建筑群。莫斯科克里姆林宫墙东北的红场是政治活动广场。克里姆林宫的钟塔群同红场周围的教堂和其他历史建筑形成的建筑面貌，被视为莫斯科的基调。

✳ 冬宫

俄国巴洛克建筑的范例，1754～1762 年建于彼得堡涅瓦河畔，原为沙皇宫殿，十月革命后，于1918 年改为埃尔米塔日博物馆。冬宫规模宏大，有上千间房屋，平面为长方形，中心有内庭院。冬宫面向海军部广场的一面，两个侧翼向前延伸，中间部分退收较深，这样处理能显示前后两立面的重要性，而使这个面成为前后两个立面的过渡部分。建筑物外立面划分为上下两部分，采用混合式柱式，上部柱式两层通高，内部为大厅。细部处理采用巴洛克手法，应用壁柱、窗框和各式山花、雕像、花瓶等装饰，结构复杂，效果丰富而强烈。

水晶宫

1851 年伦敦第一届世界工业博览会展览馆的别称。初建于伦敦海德公园内。建筑面积约7.4 万平方米，长度为1851 英尺，长度数字表示建造年份，高三层。整个建筑大部为铁结构，外墙和屋面均为玻璃。它通体透明，内部宽敞明亮，呈现出前所未有的建筑形象，时人称之为水晶宫。水晶宫共用铁柱3300 根，铁梁2300 根和玻璃9.3 万平方米。铁构件的规格型号被着意减少，以便成批预制；所用玻璃也是当时玻璃工厂的定型产品。此建筑不到半年建成。博览会闭幕后，被迁建于伦敦市郊，1936 年毁于火灾。

❂ 巴黎的象征——埃菲尔铁塔

　　像一个钢铁巨人高高耸立在巴黎市中心塞纳河左岸的埃菲尔铁塔，又称巴黎铁塔，是1889年为纪念法国大革命100周年在巴黎举办国际博览会的一座纪念性建筑。塔高300米，为钢铁构架。整个塔身自下而上逐渐收缩，形成优美的轮廓线。自底部到塔顶的步梯共有1711级。建塔时安装了以蒸汽为动力的升降机，后改用电梯。1959年顶部增设广播天线，塔增高到320米。铁塔建成时有许多人认为它破坏了巴黎的城市天际线而表示反对，但现在埃菲尔铁塔的宏伟形象已经成为巴黎的象征。埃菲尔铁塔是世界建筑史的里程碑之一，打破了几千年来石构建筑造成的传统建筑观念的束缚。

❂ 比萨斜塔

举世闻名的比萨斜塔建于1174～1350年，是比萨主教堂建筑群（1063～1350年建）的组成部分。斜塔平面为圆形，直径约16米，共8层，294级螺旋形楼梯设于厚墙中，可通到顶层，登上塔顶可眺望比萨城全景。该塔在建造过程中由于地基不均匀沉降，塔身向南倾斜，塔顶偏离约5米，斜塔因此得名。传说伽利略曾在塔上进行自由落体试验。为了防止塔的进一步倾斜，意大利政府从1990年开始进行了长达12年的纠偏修整工作。目前塔顶中心偏离垂直中心线4.5米，和拯救前相比减少了43.8厘米，足以确保它300年内不发生倒塌。

▣ 仰光大金塔

又称瑞德宫塔。始建于约公元550年，初建时仅高9米，经过多次改建。15世纪时国王频耶乾把塔加高到约100米，底部周长430米。他的继承人信修浮女王又在塔周围增加建筑物，形成今日的面貌。塔为砖砌，表面抹灰后贴满金箔，历次修葺中在上面又镶嵌红、蓝、绿等颜色的宝石，灿烂夺目。塔的轮廓为覆钟形，塔身由宽大的基底向上收缩攒尖，形成柔和的曲线。塔身虽为多层，但水平划分并不明显，因而具有强烈向上的动势。塔基四角各有一座半人半狮雕像，塔脚下有64座同样形式的小塔簇拥着，使瑞德宫塔显得宏伟挺拔。

❋ 飞翔的艺术——悉尼歌剧院

　　澳大利亚悉尼市一个大型综合性文艺演出中心，以建筑形象独特而著称于世。它建在悉尼港内一块伸入海面的地段上，东、西、北三面临水，南面对着植物园。歌剧院从1959年破土动工，1973年全部竣工。悉尼歌剧院的外观为三组巨大的壳片，耸立在一个南北长186米、东西最宽处为97米的现浇钢筋混凝土结构的基座上。悉尼歌剧院设备完善，使用效果优良，是一座成功的音乐、戏剧演出建筑。那些濒临水面的巨大的白色壳片群像是海上的船帆，又如一簇簇盛开的花朵，在蓝天、碧海、绿树的映衬下，婀娜多姿，轻盈皎洁已被视为悉尼市的标志。

❋ 帝国大厦

摩天楼的代表作之一，20 世纪 70 年代前世界上最高的建筑。帝国州是美国纽约州的别称，大厦因此得名。建于 1929～1931 年，在纽约市中心第 5 大道和第 34 街的转角处。大厦号称 102 层。由地面至第 102 层观光平台的高度为 381 米，1950 年在顶部加建电视塔后为 448 米。大厦上面的17 层实际上是以电梯为主的塔楼，当初设计时曾设想作泊飞艇之用。帝国大厦比例匀称，它的外形轮廓一度成为摩天楼的象征和纽约市的标志。大厦的那些闪闪发亮的镀镍钢板组成的垂直向上的图案在朝阳和晚霞辉映之下光彩夺目，为建筑造型艺术效果开辟了新的境界。

✹ 多伦多电视塔

　　加拿大安大略湖畔的多伦多电视塔可以算是当今世界的巨人。它是世界上最高的建筑物，像一柄利剑，直指青天。塔身高达 553 米，有"加拿大的巨像"之美称。在电视塔的四分之三高处，有一个圆舱形的空间。在这个空间里，分别设有 5 个电视发射台和 5 个无线电广播发射台，还有一个能容纳 500 名游客同时用膳的餐厅，餐厅以 1 小时 5 分钟一周的速度旋转。在旋转餐厅用餐时，随着餐厅的旋转，不但可以尽收多伦多市的景色，而且也能饱览安大略湖的秀丽姿色。电视塔塔身轻盈纤巧，塔尖直插云霄，使整个建筑增添了凌空欲飞的神韵。

🔆 世界贸易中心

　　在纽约曼哈顿岛西南端，西临哈德逊河，是纽约的标志性建筑之一。由两座并立的塔式摩天楼和几幢附属楼组成，建于1962～1976年。两座塔楼在地面以上均为110层，高411米，另有6层含综合商场、火车站和车库的地下室，建筑面积达120万平方米。塔楼采用钢框架套筒体系，核心部位为电梯井，每座塔楼设电梯108部。两座塔楼共用钢19.2万吨，所用玻璃如以50厘米宽计算长达104千米。建筑外墙全部用铝板饰面。第107层是眺望厅，从107层可以通过自动扶梯上达110层塔顶。西塔楼顶上装有电视塔，南塔楼顶部开放，供人登高观览。2001年9月11日被恐怖分子用飞机撞毁。

🔆 包豪斯校舍

　　1926 年在德国德绍建成的一座建筑工艺学校新校舍。设计者完全排斥了复古主义的设计思想，运用了一整套现代建筑设计手法，把实用功能、材料、结构和建筑艺术紧密地结合起来。这座校舍标志着现代建筑的成熟，被认为是现代建筑中具有里程碑意义的典范作品。校舍总建筑面积近万平方米，主要由教学楼、生活用房和学生宿舍三部分组成，此外还有附属职业学校，整个平面如三叶风车，打破了传统的对称格局。设计者强调建筑本身的体形美和材料的本色美以及各座建筑之间高低、体量、方向和虚实的对比，空间形象生动多样，也显示了各单体之间的有机联系。

朗香教堂

　　朗香是法国东部山区一个古老村庄。当地原有一座小教堂，第二次世界大战期间被毁。1955 年重建的朗香教堂规模也不大，约容百余人。教堂前有一片可容万人的场地，供宗教节日来此礼拜的教徒使用。教堂造型奇异：平面不规则，有凹凸，有弧线，有尖角；塔楼式的祈祷室外形像座粮仓；沉重的屋顶向上翻卷，像大船的船底；墙面既弯曲，又倾斜，开着稀稀落落、大小不一的门窗；墙体与屋顶除几处支点外互不相连；阳光从它们之间的空隙射入室内，造成非常神秘的气氛。朗香教堂的外形与其说是房屋，不如说更像一件混凝土雕塑，有人评它为"塑性造型"的典型范例。

☀ 颐和园

　　原名清漪园，始建于1750年。在北京的西北郊，是利用昆明湖、万寿山为基址，以杭州西湖风景为蓝本，汲取江南园林的某些设计手法和意境而建成的一座大型天然山水园，也是保存最完整的一座行宫御苑，占地约2.9平方千米。全园可分为宫廷区和苑林区。宫廷区由殿堂、朝房、值房等组成多进院落的建筑群。苑林区以万寿山、昆明湖为主体。全园以水面为中心，以水景为主体，环池布置清朴雅洁的厅、堂、楼、榭、亭、轩等建筑，曲廊连接，间植垂柳修竹。池北岸叠石为假山，从后湖引来活水沿山石叠落而下注于池中。流水丁冬，以声入景更增加园林的诗情画意。

☀ 承德避暑山庄

中国现存面积最大的皇家园林，始建于 1703 年。位于河北省承德市区北部，总面积为 5.64 平方千米。它的核心是丽正门内以澹泊敬诚殿为主体的宫殿区。宫殿区的东北部是由 7 个大小不同的湖面串联而成的湖泊洲岛群和一片草原；北、西部是由 4 条沟壑为骨干的山峦丘坡，都是专供游赏的苑景区。苑景区以外，东部隔武烈河的台地和北部隔狮子沟的山坡上布置了 12 所喇嘛庙和另一座园林狮子园。在这个大约 20 平方千米的范围内组成了一个山环水绕、瑰丽多姿的空间艺术环境。避暑山庄虽然是皇家宫苑，但整体风格朴素淡雅，与周围苍莽的北方山水景物很协调。

❋园林艺术的杰作——苏州园林

江苏苏州市区内古典园林的通称，包括私家宅园、庭院和寺庙园林。现存苏州园林中保存较完整的有 70 多处。除西园、寒山寺和虎丘为寺庙园林外，绝大多数是附于住宅旁的人工山水园林。它们的格局大都以山、水、泉、石为骨骼，以花、木、草、树为烘托，以亭、榭、楼、廊为连缀。这些自然的、人工的要素由于比重的大小、品类的差别、组合的疏密、式样的异同，形成了不同的基本风格。山水宅园以外的庭院都是在不大的住宅天井中点缀少许山石水池，种植一些花木，使得庭院富有自然生机。至于寺庙园林则是开阔胜于幽深，自然情趣胜于人工经营。

☀ 万园之园——圆明园

　　中国清代皇家园林，位于今北京市西北郊。圆明园是圆明三园之一，也是圆明园及其附园长春、绮春的总称，共占地约3．5平方千米。三园呈倒写品字，各园间有宫墙相隔，宫门相通，形成有分有合的巨大园林群组。三园之一的圆明园是一座集锦式园林，以宫殿区为中心，围绕中心在河湖各处散落布置了近百座建筑或建筑群。长春园内有7片形状不同、境界殊异的水域。绮春园又名万春园，也是一处以水景为主的集锦式园林。圆明三园都是以水景为主的集锦式园林，但在园林布局和造园手法上各有千秋，成就也各有高低，被誉为万园之园。1860年圆明园被英法侵略军烧毁。

☀ 敦煌莫高窟

敦煌莫高窟不仅是中国最重要的佛教石窟，而且是闻名世界的文化艺术宝库。在甘肃敦煌三危山和鸣沙山之间的峭壁上，地处古代"丝绸之路"的要冲。相传始凿于前秦建元二年（366 年），经北魏、西魏、北周、隋、唐、五代、宋、西夏和元，历代都有凿建，工程延续约千年。现存已编号洞窟 492 个。窟内保存有 4.5 万余平方米壁画，2000 余座彩塑和 5 座唐宋木构窟檐。壁画中有阙、佛寺布局、城垣、塔、住宅及其他建筑形象。窟室本身、木构窟檐遗物以及壁画中所展示的建筑形象是研究从十六国晚期到宋元 800 余年建筑史的宝贵资料。

✹ 飞来峰石刻

飞来峰石刻造像是中国南方石窟的代表，位于浙江省杭州市灵隐寺前的飞来峰上。这些从五代到宋、元的古代雕像共有 388 尊，多分布在山岩石壁上或洞壑中。1982 年国务院公布为全国重点文物保护单位。飞来峰五代造像数量不多，以青林洞内的后周广顺元年即公元 591 年滕绍宗造弥陀、观音、势至为最早；宋代造像多为小型雕像，主要分布在青林洞、玉乳洞及其附近，以北宋乾兴四年（1022 年）的"卢舍那佛会"浮雕和南宋风格的布袋弥勒最为精美。元代造像形体较大，分布在冷泉溪南岸和各洞口的上方。中国古代石窟艺术在元代处于衰落时期，而飞来峰保留着较多且十分精美的元代造像，在中国艺术史中占有重要的席位。

◈ 桂离宫

日本17世纪的庭园建筑群，位于京都市西京区。1620～1624年兴建，1645年再次进行整修，成为日本各种建筑和庭园巧妙结合的典型代表。桂离宫傍桂川，东西约230米，南北约218米。中央有水池，沿池筑山，称桂垣、竹垣等。书院有古书院、中书院、乐器间、新书院等4所。庭园中有供游玩的茶室，另有松琴亭、月波楼、笑意轩、赏花亭、园林堂、苏铁山、神仙岛、花林等名胜。桂离宫的整体布局是许多优秀建筑师经过严密的构思设计组织在一起的。庭园模拟名胜风景而设计，还包括有禅宗寺院风味的石庭和茶室的露地庭等，可以说是各时代、各流派的综合样式。

◈ 龙门石窟

我国中原地区的大型石窟群，在河南省洛阳市南13千米处伊水两岸的山崖上。保存着北魏后期至唐代的许多建筑、雕塑和书法等艺术资料。龙门石窟的开凿是从488年北魏宗室比丘慧成开凿古阳洞开始的，历经东西魏、隋、唐、北宋，先后达400多年之久。共有大小窟龛2100多处，造像约10万尊。有代表性的洞窟为古阳洞、宾阳中洞、莲花洞、潜溪寺、奉先寺、万佛洞、看经寺等10余处。龙门诸窟中还可看到一些佛塔和房屋。

☀ 云冈石窟

我国最负盛名的古代佛教艺术石窟之一。位于山西省大同市西16千米武周山南侧。北魏统治者——鲜卑贵族崇信佛教，于5世纪后期至6世纪初开凿了云冈诸窟。云冈石窟依山开凿，东西绵延约1千米，规模宏伟。现存主要洞窟53处，洞窟内外造像5.1万余尊。习惯上分为三区：东部窟群，包括第1～4窟和碧霞宫；中央窟群，包括第5～20窟；西部窟群，包括第21～53窟。云冈石窟继承了秦汉以来崖墓、藏书石室的开凿技术传统，又吸收了西域凉州一带石窟寺手法，成为当时最大的石窟寺院。石窟虽以佛、菩萨像、佛经故事等宗教题材为主，但其中也有丰富的建筑形象。

ok

❋ 麦积山石窟

　　在甘肃省天水市东南，是规模宏大的石窟群。始凿于后秦（384～417年），遗存北魏、北周时期的窟龛较多。由于地震，崖面中部塌毁，剩东、西两部分，现存洞窟194个。崖阁式巨型洞窟是其典型的窟型，主要特征是在佛龛外凿仿木构柱廊，构成殿堂形的外观。石窟凿在上下错落的峭壁崖面上，崖面长200米，高约100米，交通联系主要靠栈道。它的栈道工程规模在我国各石窟群中居于首位。栈道离地面最高达70米，共计栈道336条，全长800余米。除少量石雕外，泥塑和壁画是麦积山石窟艺术的重要组成部分。现存塑像7000余尊，壁画约1300平方米，在雕塑艺术史上有很高的价值。

❋ 大足石窟

我国南方地区唐宋石窟和摩崖造像。分布在四川省大足县城周围。以佛教造像为主，也有儒、道教的造像。现存造像5万余尊，分布于40多处，总称大足石窟。其中以北山、宝顶山石窟摩崖造像最为集中，规模宏大，艺术精湛，内容丰富，创于晚唐而盛于两宋，是中国晚期石窟的重要代表之一。北山造像在县城北约2千米处的北山上，以佛湾为中心，包括营盘坡、观音坡、佛耳岩、北塔等处，均为佛教造像。南山造像在县城南2千米处的玉皇观，为道教石窟，共6个窟龛。石篆山、石门山造像则分别在县城西南27千米及东12千米处，为儒、释、道三教石窟。

广元千佛崖

位于四川省广元市川陕公路边崖面，始凿于南北朝，历经隋、唐、宋、元、明、清，历代均有凿刻和不少题记。原有造像1.7万余尊，窟龛绵延500多米，纵横密接，犹如蜂房。1935年因修川陕公路，半数以上窟龛被毁，现仅存有窟龛的地段200余米。广元千佛崖造像从早期到唐代，都受到北方特别是麦积山石窟造像的影响，又有明显的地方特色。早期造像风格比较朴拙，唐代造像面型多略方略平。窟龛内有的作透雕的裟罗双树，为别处石窟所少见，其中睡佛洞的三壁浮雕最为精彩。窟龛造像也有一些颇具地方特色的内容，如有的以一个金刚力士为主尊，旁镌一供养人，有的力士头有光环等。广元千佛崖对于北朝造像和南朝造像互相影响的研究，有其特殊的价值和意义。

ok

❋ 安岳石刻

　　中国佛教与道教混合的石窟。位于四川省安岳县境内，始于南北朝（公元521年前后），盛于唐、五代和宋。距今已有1300年历史。经近年文物普查，全县有摩崖石刻造像105处，造像10万尊左右，高3米以上的上百尊，5米以上的40多尊，15米以上的两尊。至今保存较完好并具有一定规模和文物价值的石刻有45处。这是中华古代石刻艺术又一宝库。它多是我国石刻艺术成熟和鼎盛时期的作品，具有很高的雕刻艺术价值，造像风格除少数敦朴、粗犷的魏晋风骨外，大多是体态丰满，雍容华贵的唐代风格，也有一些精细华美、璎珞盖身的宋代特征。

❋ 天梯山石窟

058

　　天梯山石窟位于甘肃省武威县城南 60 千米处祁连山麓的张义堡，开凿在天梯山断崖上。它是我国早期的石窟之一。创建于十六国北凉，后经历代开凿，规模宏大，建筑雄伟，有学者称为"中国石窟鼻祖"。窟内保存壁画数百平方米，现存洞窟三层，大小佛龛 17 个，造像 100 多尊，以及魏、隋、唐时期的汉、藏写经，初唐画像等珍贵文物。其中主体建筑大佛窟如来坐像高达 30 多米。大佛左右两边站立迦叶、阿难、普贤、文殊、广目、天王六尊造像，神态逼真，形象各异，塑造精致。因修黄羊河水库，大部分佛像、壁画、经卷等搬迁于省博物馆保存，现窟内大佛依山造像，中心柱、佛龛及部分壁画尚存，是珍贵的历史文物。部分文物已经修复。

☀ 云门山石窟

　　位于山东省青州市东南约 4 千米。造像在山南崖壁上，有洞窟和大龛 5 个及一些小龛。共有大小造像 270 尊。这些造像，虽经过一千余年的沧桑，风雨侵蚀，战火洗劫，但大部分还基本完好，现已成为研究古代佛教艺术和当时造型艺术极为珍贵的实物资料，它是我国东部现存石窟艺术中的一朵奇葩。造像主要为西方三圣像（阿弥陀佛和观世音、大势至两位菩萨），也有力士、释迦多宝二佛说法像，还有供养人像等。这些石造像，绝大多数附有准确的记年。明嘉靖年间的摩崖巨"寿"为全国之最。"寿比南山"、"人比寸高"即出于此。

☀ 须弥山石窟

须弥山石窟位于宁夏固原县西北的须弥山东麓。它和敦煌、云冈、龙门石窟一样，是我国古代文化遗产的瑰宝。须弥山石窟最初开凿于北魏中晚期。石窟长年累月，风雨剥蚀，加之人为破坏、地震灾害等，至今造像保存较完整的仅有20多窟，主要分布在大佛楼、子孙宫、园光寺、相国寺和桃花洞等5处。现存造像最多的是第45、46窟。第5窟（原编第二窟）的弥勒大坐佛，高20.6米，是须弥山依山雕塑的一尊最大的佛像。佛面相丰满，慈祥温和，身披袈裟，两手自然放在膝上。须弥山石窟另有唐、宋、西夏、金和明代的题记等，这些珍贵资料为了解中国石窟艺术和当时社会历史提供了有利的依据。

☀ 响堂山石窟

　　响堂山石窟是北齐时期陆续开凿的，在河北省邯郸市西南峰，现存主要洞窟16个。鼓山南麓7个窟称南响堂山石窟，鼓山山腰的9个窟称北响堂山石窟，两处相距约15千米。响堂山石窟建筑修饰显示出石窟艺术逐渐中国化的过程。石窟的窟型有两种：一种是平面略呈方形，顶板水平，凿出中心柱的形式。另一种是平面呈方形，顶板水平，三壁各开主龛的形式。石窟有大小塑像共3400多尊，刻有维摩诘等四部经，大体完整。石窟雕刻表现的建筑装饰艺术比较丰富。各洞窟门框、龛楣多用卷草花纹，较云冈石窟的风格更流畅饱满。有些窟内顶板地面的雕饰以大莲花为主题。

☀ 柏孜克里克千佛洞

　　公元9～13世纪的佛教石窟寺。在中国新疆吐鲁番市东北约50千米的木头沟内。"柏孜克里克"，维吾尔语意为"美丽的装饰之所"。洞窟分布在木头沟水西岸断崖上，对岸是火焰山。洞窟分为南、中、北三区，总数逾80个。最早的洞窟凿于唐代，绝大部分为高昌回鹘期的遗迹，最晚洞窟可延至元初。柏孜克里克石窟是古代高昌地区保存较好、内容较丰富的一处石窟寺，是回鹘佛教艺术的代表，在佛教东渐的路线上是相当重要的一环。它一方面受到龟兹文化的影响，另一方面又吸收了中原地区的文化，对研究东西方文化的交融和汇集有重要价值。

☀ 乐山大佛

　　中国唐代佛教石刻造像。位于今四川省乐山市东面岷江、青衣江、大渡河交汇处的栖鸾峰下，依凌云山山崖开凿而成。大佛为弥勒坐像，通高71米，肩宽28米。其中头高14.7米、宽10米，耳长7米，眼长3.3米，颈高3米，脚背宽8.5米，是世界上最大的石刻佛像，故俗称"山是一尊佛，佛是一座山"。大佛坐东面西，远眺峨眉山，近瞰乐山市。大佛开凿于唐玄宗开元元年(713年)，唐德宗贞元十九年(803年)完工，历时90年。

☀ 悬空寺

中国古代栈桥式悬壁寺庙建筑。在山西省浑源县城南5千米翠屏山峭壁间。始建于北魏末期（约6世纪），金代重修，后归列恒岳庙宇范畴，明清予以重建。寺依壁建屋，插桩为基，楼阁悬空，气势险峻。现存大小殿阁13座。寺宇布局紧凑，殿宇楼阁高低错落，入山门为韦驮殿，北行是寺内庭院，钟鼓二楼对峙，正面是佛殿。上层为三佛殿、太乙殿、关帝殿，内奉脱纱三身佛和太乙真人、关圣帝君等。佛殿后部两隅筑有单檐歇山式的藏殿，西北隅有九脊顶大悲殿，奉千手千眼观世音菩萨。寺北隅有高阁两座，两阁之间有石佛像三龛。

☀ 巴米扬石窟

阿富汗著名佛教石窟，位于阿富汗中部巴米扬城北面兴都库什山区。在高约100米、长约1500米的崖面上，开凿了约2000个大小不同的石窟。石窟原为僧房和佛殿，内部用楼梯和走廊连接，被称为"地下伽蓝"。窟内原有大量佛像和壁画，佛像多为泥塑，但多已毁坏，壁画则多残破剥落。其中最著名的两尊大立佛均傍山而凿，东大佛高37米，西大佛高55米，两者相距不到1千米，为世界最大立佛。两佛窟均绘有壁画，西大佛佛窟有佛、菩萨、飞天等；东大佛佛窟的顶部绘有太阳神苏利耶驾御四轮马车图。这两尊著名的巴米扬大佛在2001年被阿富汗塔利班当局用大炮炸毁。

☀ 阿旃陀石窟

　　印度佛教石窟寺，位于马哈拉施特拉邦北部。为公元前273～前232年阿育王时代开凿。整个石窟开凿在一个新月形的悬崖上，长达550米，包括未建成的共30窟，分佛殿、僧房两大类。其中第19窟为佛殿式，门面由中央莲花瓣形券窗和双柱门廊组成，墙面刻有佛像及花纹雕饰。殿堂进深14米，高宽均为7.3米，两边的列柱、正中佛塔和檐部皆有佛像和各类浮雕，建筑与雕刻之美都属印度佛教石窟之冠。约有一半的石窟绘有大量佛教题材的壁画。这些壁画是世界艺术宝库的精品，描绘了佛的生平故事和印度古代宫廷生活，亦反映了劳动人民生产劳动的情景。

☀ 博南帕克壁画

玛雅文明壁画遗迹，位于墨西哥南部恰帕斯州的博南帕克，年代约在 6～8 世纪。壁画留存在一间称为"画厅"的古建筑里，被当地印第安人视为珍宝，秘不示人，直到 1946 年才被外界发现。"画厅"一排 3 间，总长 16.65 米，宽 4.12 米，高 7 米。在 3 个房间内壁，从墙基直至屋顶，遍绘色彩绚丽的壁画，第一间房的壁画主要表现贵族仪仗，第二间表现战争与凯旋，第三间表现庆祝游行。壁画构图完整，笔法稳健，线条流畅，彩色鲜丽，人物表情动作真实生动，如第二间表现胜利归来的贵族和被俘奴隶的壁画将得胜者的盛气凌人和被俘者的痛苦绝望都刻画得很准确。

✺ 南非白妇人岩画

最著名的南部非洲岩画，位于纳米比亚西部布兰德山的一个洞窟里。洞窟有 2 米左右深、4 米宽。在入口的整面墙上用红色、褐色、黑色和白色颜料绘制出一些跳跃的羚羊和人物形象。画在石壁中央的是一白妇人：头发棕黄，面孔苍白，上身皮肤呈褐色，其余部分则为白色，一手握着弓箭，一手拿着荷花似的东西。她前面走着两个挺直身躯的妇女，身上少有佩饰。关于这幅岩画，说法不一。根据它的风格、技法、颜料、主要人物及其周围形象的特点，可以确定它属于公元前 2000 年中期的作品。

☀ 贝希斯顿铭文

　　古代波斯的记功石刻。位于伊朗克尔曼沙阿城东30千米的贝希斯顿村附近，故名。铭文刻于从古代米太首都埃克巴坦那到巴比伦的驿道附近一座难以攀登的山崖上。铭文主要颂扬了大流士国王镇压国内的起义活动，重新恢复了波斯帝国的统一的功绩。铭文左上部有浮雕，面积约为16.5平方米，表现大流士国王头戴王冠，左手持弓，左脚踩在仰卧于地的高墨达身上。浮雕部分的上方为拟人形象的阿胡拉·玛兹达神。铭文对研究两河流域和波斯的古代文字具有重要意义，也是研究大流士时代波斯历史的重要史料。

☀ 拉斯科岩画

在世界著名的史前遗迹中，法国的洞窟岩画闻名于世。洞窟岩画主要分布在法国西南部和西班牙交界的法兰克—坎塔布列地区。其中蒙地尼亚克的拉斯科岩洞的石壁画是法国最为著名的史前遗迹，有“史前壁画教堂”之称，保存着一些最古老的人类艺术作品。在大约100米的洞壁上和洞顶上布满了绘画和雕刻，有飞奔的野马、受伤的野兽、争斗的公牛和生活在公元前1.5万年到公元前1万年的动物，线条粗壮有力，气势雄伟，动态强烈。保存大量史前遗迹的并不限于拉斯科岩洞，哥摩洞窟岩画、康巴里勒斯岩刻、尼奥洞窟崖壁画、三兄弟洞窟岩画都很有名。

阿尔塔米拉洞窟

阿尔塔米拉洞窟位于西班牙北部城市桑坦德西面，和法国的蒙地尼亚克接近，与拉考斯岩洞内的壁画属于同时代的作品。发现于19世纪70年代，因内部有精美的史前绘画和雕刻而闻名于世，是西班牙重要的文化遗迹。洞长280米左右，多为新石器时代的遗迹，距今已有1.7万年的历史。大多数壁画在侧洞中，画面以野牛为主，线条粗犷，手法简练，并涂以鲜艳的红、黑、紫三色，栩栩如生。此外，还有野猪、野马赫鲁等动物的形象，以及人的形象、人的手印与人手的轮廓图形等，从这些图形上可以探索古代人们的生活状况，有很高的研究价值。

☀ 伊凡诺沃岩洞教堂

　　伊凡诺沃岩洞教堂坐落在保加利亚东北部鲁塞城附近的伊凡诺沃村一带，为一座开凿在山岩上的教堂，是保加利亚的著名古迹，已被联合国教科文组织列入全世界首批世界文化与自然遗产名单。12世纪末，在保加利亚前任大主教阿迪姆一世倡议下，僧侣们在伊凡诺沃附近的洛姆河岸的山岩上开凿了许多房间和大大小小的教堂，并以走廊和木拱使各个教堂连接一起。工程一直继续到1396年，约花了100年的时间才建成。在伊凡诺沃的岩洞教堂里，几乎所有的墙壁上都装饰了绚丽壁画，内容有神话故事、人物、风景等，其风格同古希腊的绘画艺术有密切的渊源，其中特萨克瓦塔教堂的壁画尤为突出。

☀ 格林尼治天文台

英国皇家天文台所在地。世界计算时间和地球经度的起点。位于伦敦东南泰晤士河南岸。1884 年国际经度会议决定以经过格林尼治的经线为本初子午线，并以格林尼治为"世界时区"的起点，据以校准时间。1948年，天文台迁至赫斯特蒙苏，但仍称英国皇家格林尼治天文台。天文台原地仍陈列着该台用过的各种天文观测仪器设备、天象图、航海图等。子午馆内有一条镶嵌在大理石中间的铜线，即著名的本初子午线，一边注明"东经"，另一边注明"西经"。天文馆大门外的砖墙上镶有1851 年安装的按 24 小时走字的大钟，世界标准时间——格林尼治时间就是由此钟表表示的。

奥斯维辛集中营

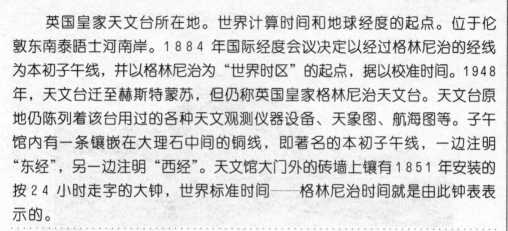

　　第二次世界大战期间德国法西斯建立的最大集中营。位于波兰克拉科夫市以西的奥斯维辛城。集中营总面积约500 万平方米，建有专供杀人用的毒气室、焚尸炉、高压电网和化验室。集中营内的被关押者有劳动能力的终日做苦役，老人、孩子和病人被赶进毒气室处死，大批战俘遭枪杀，有些人还被用作活体解剖和其他医学试验。奥斯维辛集中营总范围内共有400 多万属于不同国籍的平民和战俘在二战期间惨遭杀害。集中营现仍保持着原状，保留着毒气室、焚尸炉、化学毒剂以及被关押者的遗物和有关屠杀的资料等。现已辟为博物馆，作为纳粹战争罪行的历史见证。

☀ 天安门

　　位于北京市城区中心。始建于明永乐十五年（1417 年），原名承天门。清顺治八年（1651 年）改建，更名天安门，为明清两代皇城正门。天安门坐北朝南，城台五阙，重楼九楹，以汉白玉精雕而成的须弥座上承 10 余米高的红色墩台，台上建楼，楼为单层重檐歇山式黄琉璃瓦顶，面阔九间，进深五间，四面环廊。前有外金水河，五座汉白玉石桥横跨水面。桥前有两对石狮及两座华表。华表满刻云纹和盘龙，顶部为一蹲兽，名"望天吼"。1949 年 10 月 1 日，毛泽东在天安门城楼上庄严宣告中华人民共和国成立，天安门成为新中国的象征。

☀ 马赛曲

法国巴黎凯旋门上的装饰浮雕，是法国雕刻史上的杰作之一。雕刻家吕德在浮雕中根据歌曲《马赛曲》所体现的大革命时代的革命精神，运用古典主义的手法、浪漫主义的表现，巧妙地塑造了在一位女神指挥和鼓舞下，一群不同年龄的爱国志士响应号召，奔赴危难的第一线。这位张开羽翼、身披铜甲的女神左臂高举，右手挥剑直指前方，是自由、正义和胜利的象征。浮雕中所塑造的一组人物，全部洋溢着为祖国和平而战的激情。整个雕像以女神为旗帜，下面虽然只有 6 个人，却给人以千军万马之势、必胜无疑之感，体现了法国人民的爱国精神和争取自由的意志。

断臂的维纳斯

维纳斯是希腊神话中爱和美的女神。维纳斯雕像高贵端庄，她那丰满的胸脯、浑圆的双肩、柔韧的腰肢都呈现一种成熟的女性美。女神下肢为衣裙所遮，舒卷自然的衣褶显示出人体结构和动态，增添了丰富的变化和含蓄的美感。雕像体现了充实的内在生命力和人的精神智慧，既有女性的丰腴妩媚和温柔秀美，又有人类母亲的庄严和慈爱。雕像双臂已残缺，但仍可看出右臂上抬、左臂下垂的姿态。后世不少雕刻家曾设计各种方案试图复原双臂，却都在原作面前黯然失色。不仅因为已故千年的艺术家的构思无法完全揣测，也因为艺术家当年的灵感是永远无法复制的。

☀ 彼得大帝纪念碑骑马像

　　亦称"青铜骑士"，是1767～1770年法国雕塑家法尔孔奈受俄国之聘为彼得堡制作的青铜雕像。铜像高 5.30米，竖在5.10米的花岗岩石峭壁的台座上。整个雕塑以注意整体感，姿势与外轮廓明确、简练，内容深刻，形象含蓄，结构严谨而见胜。铜像放置在广场上，人和马结成一体，显示出勇敢向前的气概。底座处理与铜像配合得十分恰当，气势宏大，协调统一，增强了纪念碑的庄严感。

☀ 独立大厅

美国著名历史纪念建筑，是美国独立的象征，位于费城国家独立历史公园独立大厦内。1732～1756年建造。原为殖民时期宾夕法尼亚州的议会大厦。第一次和第二次美洲大陆会议在此召开。1776年7月，大陆会议在此举行，宣布了美国的独立。1787年制宪会议也在此举行，签署了美国宪法。现在，独立厅的一切陈设仍保持原样，13张会议桌上铺着绿丝绒台布，放着纸张、文具盒、书籍及当年使用的蜡烛台。1948年，美国国会通过法案，将独立大厅及其周围的具有历史意义的建筑加以保护，成立了国家独立历史公园。联合国教科文组织已将其列为世界文化遗产之一。

《吻》

《吻》是法国雕塑家罗丹的另一部闻名于世的作品，取材于但丁《神曲》里所提到的弗朗切斯卡和保罗这一对情侣的爱情悲剧。罗丹取用这一题材以更加坦荡的形式，塑造了两个不顾一切世俗诽谤，在热烈幽会中的情侣的接吻瞬间。它是那样坦率真挚，感情充沛，造型动人，充分体现了作为艺术家的罗丹浪漫气质的一面，也说明了他思想的矛盾性、复杂性和感情的无比丰富。这件雕塑把双人坐像的下半部纳入大理石整体之中，避免了脚的繁琐而加强了坐像的整体感。以极为古典的写实手法雕刻而成。他们起伏、细腻、优雅的肌体和姿态，引起了极为生动的光影效果，仿佛其内在的青春热情与生命正凭借这些光影在闪烁、燃烧。

ok

❂ 海的女儿

074

　　也叫"美人鱼"。当代丹麦雕塑家爱德华德·艾里克森根据安徒生的童话《海的女儿》所作的铜铸雕像。安置在首都哥本哈根海滨公园海滩的石头上。雕塑家根据王子与美人鱼的传说，塑造了一个披着长发、坐在石头上、向大海眺望的少女形象，她一只手撑在石头上，姿态优美，那忧郁的表情使人产生许多联想。作品的构思处理很有意境，是丹麦的艺术珍品，成了国家的象征。1964年4月，雕像的头部曾被人锯下盗走，后来原作者又按原型重新铸造了头像，使雕像重现光彩。

❂ 思想者

19～20 世纪初法国著名雕塑家罗丹雕塑的一块人类痛苦的纪念碑。“思想者”像一个苦恼的精灵，弯身向前，做着无以穷尽的探索。右手背转支撑着下颌，臂肘搁置在左膝上，含蓄的力交错着、矛盾着、运动着，似乎在寻找“支点”。紧张的思索支配着全身每一块筋肉和每一条神经，行将爆发似的贯穿到足尖，脚指也痉挛着，扣紧台座。巨人低着头，好像被压在自己思想的重量下，妄想拥抱绝对的冥想，把一个强壮的身体压弯成球形，灵魂潜入无底的深渊，陷入无法解脱、无休止的探知过程。作品包涵了丰富的人世哲理和历史内涵，是一件宏观的警世之作。

英格兰巨石阵

巨石阵又称索尔兹伯里石环，是欧洲著名的史前时代文化神庙遗址，位于英格兰威尔特郡索尔兹伯里平原，约建于公元前4000～前2000 年，属于新石器时代末期至青铜时代。这个巨大的石建筑群位于一个空旷的原野上，占地大约11 万平方米，主要是由许多整块的蓝砂岩组成，每块约重50 吨。巨石阵不仅在建筑学史上具有重要的地位，在天文学上也同样有着重大的意义：它的主轴线、通往石柱的古道和夏至日早晨初升的太阳，在同一条线上；另外，其中还有两块石头的连线指向冬至日落的方向。因此，人们猜测，这很可能是远古人类为观测天象而建造的，可以算是天文台最早的雏形了。

☀ 门农巨像

　　门农巨像是矗立在尼罗河西岸和国王谷之间原野上的两座岩石巨像。巨像高20米，风化严重，面部已不可辨识。坐像是由新王国时代鼎盛期的阿蒙荷太普三世建造的。坐像身后，原来是他的葬祭殿，但后来的法老拆了这座建筑，并把它作为自己建筑物的石料。到了托勒密王朝时代，建筑物已经完全被破坏了。人们认为石像是希腊神话中的门农的雕像，就给石像取名为门农像。罗马统治时期的地震使雕像出现了裂缝。每当起风的时候，门农像就像在唱歌一样，十分神奇。后来经过修补之后的门农像，就再也没有唱过歌。

☀ 总统山

位于美国南达科他州巴登兰以西的拉什莫尔山上，雕刻着美国建国后一个半世纪四位著名总统的巨大头像，他们是华盛顿、杰斐逊、林肯和罗斯福。这一巨作由美国艺术家夏兹昂·波格于1927年开始创作，后由他的儿子在1941年完成。利用山峰雕刻如此巨大的石雕人物肖像是史无前例的创举，而且雕像完全采用写实的手法，更给人以庄严宏大的气势。石像与山峰浑然一体，长达18米，宽约60米，仅鼻子的长度就有7米，其艺术造型生动地反映了这四位伟人的性格和特征，令人肃然起敬。如此巨大的头像傍山而雕，整个工程是非常艰巨和复杂的。

中山陵

民主革命先行者孙中山的陵墓。位于南京市紫金山南麓，坐北向南。1926年奠基，1929年建成。陵园东邻灵谷寺，西毗明孝陵，周围山势逶迤，松柏森郁，风光开阔宏美。陵园总体规划借鉴了传统陵墓的布局特点，密切结合地形，突出环境的天然气势。各幢单体建筑除祭堂造型有所创新外，都保持了比较严格的清式建筑形式，但运用了新材料、新技术，采用了纯净、明朗的色调和简洁的装饰。这是近代中国建筑师第一次规划、设计的大型纪念性建筑组群，也是中国建筑师运用传统风格于大型建筑组群的重要作品，是中国近代建筑创造新民族风格的一次成功尝试。

✹ 自由女神像

　　轰立于美国纽约港入口处自由岛上的自由女神像，是法国人民为纪念美国独立一百周年和法美两国友谊而赠送给美国的。19世纪法国雕刻家巴托迪以自己母亲为楷模成就了这一传世之作，它的全称是"照耀世界的自由女神"。塑像身高46米，底座高47米，加上手中的火炬，高度超过了百米。体内中空，头部是间可容纳40人的观览厅，人们可以从底座乘电梯上去，通过头部额圈下的窗孔眺望纽约及海上的风光。沿梯子可继续上到能容纳12人的火炬高处。神像头戴漂亮的额圈，右手高举火炬，左手拿着一部法典，巍然屹立。这座塑像一直被当做美国自由与幸福的象征。

✹ 九龙壁

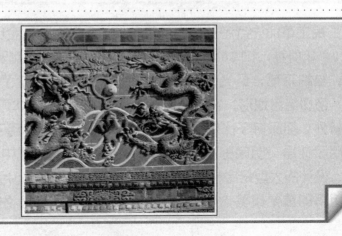

　　著名照壁建筑，在山西大同市城区东大街。原为明太祖朱元璋第十三子朱桂代王府前的照壁，建于1392年。壁长45.5米，高8米，厚2.02米，用黄、绿、赭、紫、蓝等彩色琉璃构件拼砌而成，体积高大，色彩斑斓，瑰丽壮观，为国内琉璃照壁之冠。壁下部为须弥座，束腰精雕狮、虎、麒麟、飞马等动物。顶部为仿木结构庑殿顶。中部壁面为九条巨龙，或伸爪抱珠，或喷须拂云，或翅尾探海，或搏击风雨，皆翻腾于波涛汹涌的云海之中。壁前有倒影池，九龙入水，清风拂过，云龙飘动于水中，有巧夺天工之妙。

✵ 天坛

　　天坛位于北京城的南端，始建于明永乐十八年（1420年），是明、清两代皇帝每年祭天和祈祷五谷丰收的地方。它以严谨的建筑布局、奇特的建筑构造和瑰丽的建筑装饰著称于世。总占地面积约270万平方米，分为内坛和外坛。主要建筑物在内坛，南有圜丘坛、皇穹宇，北有祈年殿、皇乾殿，由一条贯通南北的甬道，把这两组建筑连接起来。外坛古柏苍郁，环绕着内坛，使主要建筑群显得更加庄严宏伟。坛内还有巧妙运用声学原理建造的回音壁、三音石、对话石等，充分显示出古代中国建筑工艺的发达水平。天坛是中国现存最大的祭坛建筑群。现已开辟为天坛公园。

☀ 卢沟桥

　　著名古桥之一。在北京市丰台区广安门外永定河上。因永定河旧称卢沟河，桥亦以河名。始建于1189年。是北京地区现存最古老的石拱桥。桥用白石建成，全长266.5米，有11个桥拱，两边各有石栏雕柱140根，上雕石狮子大小不一、千姿百态，或藏或露，素有卢沟桥的狮子数不清的说法。桥东碑亭内立有清乾隆皇帝所题"卢沟晓月"碑，为"燕京八景"之一。意大利旅行家马可·波罗于元初来华，在其游记中赞美此桥"独一无二"。桥东为宛平旧城，1937年7月7日的"七七事变"即发生于此。

☀ 西安碑林

国内最大的碑石文物保护场所。在陕西西安市三学街。1090年为保护唐开成二年（837）刻成的12部儒家经典而建，其后历代增藏、扩建，规模日渐扩大，清代初年始称碑林。现已收藏自汉迄清历代碑石2300余件，有7大陈列室、7座游廊及1个碑亭，展出碑石1000余件。

☀ 秦阿房宫

阿房宫始建于公元前212年，是一处规模宏大的宫殿建筑群。秦末项羽入关，阿房宫被烧为焦土。1961年，阿房宫遗址被国务院公布为第一批全国重点文物保护单位。西安市文物部门的文物普探显示，遗址分布区的总面积达10.89平方千米，现存的主要有前殿遗址、上天台遗址和"磁石门"遗址等。"磁石门"是人类历史上的第一道安全门。史载，燕太子丹派刺客荆轲刺杀秦王，图穷匕现，为保安全，秦王愤怒之余采取措施，在前殿垒磁石为门，称磁石门，以防行刺者再次入宫。前殿遗址则是阿房宫的主体宫殿，是秦始皇与朝臣商议军国大事的地方，它应是阿房宫最大、最富丽的建筑，规模惊人。

✺ 曲阜孔庙

　　孔庙是奉祀孔子的庙宇，在亚洲地区多达2000余座，曲阜孔庙是其中历史最悠久、规模最宏大、形制最典型的一座。它位于山东省曲阜城的中央，是在孔子故居的基础上逐步发展起来的一组具有东方建筑色彩和格调、气势雄伟壮丽的庞大古代建筑群。据史料记载，在孔子辞世的第二年（前478年）鲁哀公将孔子旧居改建为祭祀孔子的庙宇。经历代重建扩修，明朝时期形成了现有规模。前后九进院落，占地面积14万平方米，庙内共有殿阁亭堂门坊100余座。孔庙内有孔子讲学的杏坛、手植桧，还有历代碑刻1000余块。

✺ 人民英雄纪念碑

是为纪念1840～1949年间在革命中牺牲的人民英雄，中国人民政治协商会议第一届会议通过决议在北京天安门广场建立的纪念碑。1952年开始动工，1958年"五一"节落成。形式挺拔、雄伟。正面镶嵌着毛泽东题写的"人民英雄永垂不朽"8个金字，背面镌刻着周恩来书写的碑文，四面镶嵌着10块浮雕像。

✺ 北京大学红楼

重要革命纪念地之一，即前北京大学的主要教学楼。在北京东城区沙滩北街。建于1918年8月。楼呈工字形，4层，通体由红砖砌成，故名。五四运动时期，北京大学成为北方革命活动的中心，红楼和它北面的民主广场是进步学生举行爱国活动的主要场所。中国共产党创始人李大钊和毛泽东在北京大学工作时都曾在红楼办公。现楼内设有李大钊及毛泽东革命活动纪念室。

☀ 国子监

　　元、明、清三代的国家最高学府旧址。国子监坐北朝南，平面呈南北长方形，位于北京内城东北隅安定门内成贤街，东与孔庙毗邻。国子监即大学，古时称"成均"，后又叫太学。唐贞观五年（631年）于西京设国子监，元朝亦称国子监，明清因之。1269年立国子学，年设国子监，元成宗大德十年（1306年）营建于此。皇庆二年（1313年）建崇文阁。明洪武时改为北平郡学，永乐二年复称国子监。清乾隆四十八年（1783年）又增建"辟雍"，为皇帝讲学的地方，1784年冬竣工。国子监是研究中国古代学制的重要实例。现为首都图书馆馆址。

☀ 翰林院

官署名，唐代初设置，本为各种文艺技术内廷供奉之处，非尽文学之士。开元初设翰林供奉，与集贤院学士分司起草诏书及应承皇帝的各种文字。开元末另设学士院，供职者称翰林学士、专掌撰拟机要文书，成为皇帝亲信顾问兼秘书官。宋代置翰林学士院，设翰林学士承旨、翰林学士等，负责起草内廷诏旨，侍奉皇帝出巡，充当顾问。明代将著作、修史、图书等事务并归翰林院，正式成为外朝官署。清沿明制，以翰林院为"储才"之地，掌编修国史、记载皇帝言行的起居注、讲经史以及草拟有关典礼的文件，其长官为掌院学士，满、汉各一人，由大学士、尚书中特派。

岳麓书院

宋代四大书院之一。在湖南长沙岳麓山下。宋开宝九年（976年），潭州太守朱洞创建，内有讲堂、斋舍与藏书楼。咸平二年（999年），潭州太守李允加以修缮、扩充，有学生60余人。国子监发给诸经以及《史记》、《玉篇》、《唐韵》等书。大中祥符五年（1012年），山长周式又呈请修缮扩建，并归任该书院教授，又得赐赠书院匾额。当时被称道为："潇湘为洙泗，荆蛮为邹鲁"，赞扬它在传播儒家思想，改变社会风尚方面所起的作用。南宋朱熹等曾讲学于此，学生达千人，称闻天下。明清两代屡加修葺。

☀ 白鹭洲书院

　　著名古代书院。在江西吉安市东赣江中白鹭洲上。这里孤屿冲波，双江映岸，杂树葱茏，竹林摇曳。南宋淳祐年间（1241～1252 年）吉安太守江万里于此首建书院，宋理宗赐额"白鹭洲书院"，其时有赐额门、云章阁、道心堂、正谊堂、古吉台、浴沂亭及柳径、桃溪、竹坞等景点和建筑10 余处，经历代维修，规模尚存。宋末英雄文天祥早年即在此就读。清末改为学堂，现为白鹭洲中学。近年又重加修缮，更为宏伟壮观。一如院内古联云："鹭飞振振兮，不与波上下；地活泼泼也，无分水东西"，正是历史写照。

☀ 复活节岛石雕像

新石器时代宗教性质的石雕人像群，位于南太平洋玻利尼西亚群岛最东端，属智利瓦尔帕莱索省。该岛略呈三角形，面积117平方千米，用整块巨石雕成的600余尊巨大的石雕人像分布在沿海地带，矗立在240多个石座上。石雕像分属3个时期。中期石像最为发达，以短腿、长耳为主要特征，下额突出，鼻子略凹，长耳垂肩，两臂曲放腹部，头顶平坦，上置圆柱形头冠，双眼曾镶有白珊瑚或红色凝灰岩制成的眼珠。石像一般高3～6米，最高达11米，重82吨。后期逐渐衰退，宗教场所变成墓地。现岛的东南部拉诺拉拉库火山口斜坡的石场上还有300多个未完成的石像。

☀ 流水别墅

美国建筑师Ｆ·Ｌ·赖特的代表作，也是现代建筑中杰出作品之一。在美国匹兹堡市郊区，建于1936～1939年。赖特在一块背崖临溪、最宽处不足12米的地方苦心经营了这座依山就势、凌空飞跃、参差俯仰其间的建筑。赖特说：流水别墅是由环境激起的灵感所成，借助于钢材的力量，得其所而遂其形。它为有机建筑理论作了确切的注释。19世纪维也纳学派艺术史家Ａ·里格尔说过：就建筑空间的形成和体量的组合这两方面而言，艺术家们往往牺牲后者以发展前者，或者相反。当代意大利建筑理论家Ｂ·泽维认为：赖特的流水别墅杰作独能两全其美。

☀ 萨伏伊别墅

　　现代主义建筑的典范作品之一。法国建筑师勒·柯布西耶设计，1931年建成。别墅在巴黎附近普瓦西的一个花园中，宅基为矩形，长约22.5米，宽20米。整个建筑由立柱支承，共三层。萨伏伊别墅是勒·柯布西耶关于采用框架结构的"新建筑的五个特点"、建筑美学上的立体主义的"纯净形式"和建筑功能上追求"阳光、空气、绿化"这些观点的具体体现。它对建立和宣传现代主义建筑风格影响很大。

☀ 柏林透平机工厂

柏林透平机工厂是由著名建筑师贝伦斯所设计，该建筑不仅在世界工业界影响巨大，而且也是现代建筑史上一个重要事件。透平机（即涡轮机）工厂的主要车间位于街道转角处，主跨采用大型门式钢架，钢架顶部呈多边形，侧柱自上而下逐渐收缩，到地面上形成铰接点。在沿街立面上，钢柱与铰接点坦然暴露出来，柱间为大面积的玻璃窗，划分成简单的方格。屋顶上开有玻璃天窗，车间有良好的采光和通风。外观体现工厂车间的性格。在街道转角处的车间端头，贝伦斯作了特别的处理，厂房角部加上砖石砌筑的角墩，墙体稍向后仰，并有"链墩式"的凹槽，显示敦厚稳固的形象，上部是弓形山墙，中间是大玻璃窗，这些处理给这个车间建筑加上了古典的纪念性的风格。贝伦斯的设计不能不说是一个很大的进步，同时也表明了工业企业家在现代社会权力结构中的重要地位。

凯里迈基教堂

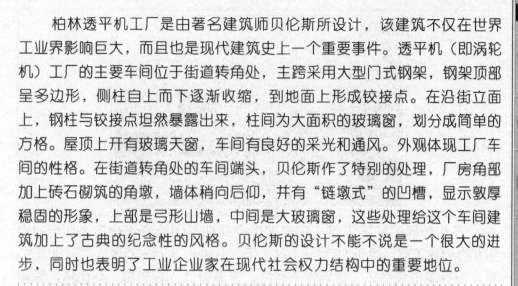

凯里迈基教堂位于芬兰东部，它是世界最大的基督教木制教堂，也是当地著名的特色旅游景点之一。凯里迈基教堂于1847年建成，长45米，宽42米，高27米，可容纳5000余人。教堂融合了新哥特和新拜占庭风格，结构紧密宏伟，色彩淡雅。由于教堂内没有暖气设备，因此主要在夏日才使用。每逢夏日旅游季节，前往观光的各国游客络绎不绝。

ok

☀ 洛克菲勒中心

　　在纽约曼哈顿岛中部，由美国洛克菲勒财团投资建造的大型商业娱乐和办公建筑群。建于1931～1940年，占地8.9万平方米，共有建筑19座。设计单位包括三个建筑师事务所，主要设计人有胡德、科比特、哈里森等。建筑群的中心是一个下凹的小广场，广场正面有一座闪闪发光的飞翔着的雕像，下面有喷泉水池，浮光耀眼，冬季可作溜冰场。小广场南面是街心花园，供人们小憩。在市中心巨厦之间布置这样的环境，既闹中有静，又富有空间构图的变化。中心的各个建筑物之间都有地下通道连接。建筑群的主体是RCA大厦，70层，高259米。外观强调垂直线条，是板式高层建筑的雏形。此外，还有36层的时代与生活大厦、41层的国际大厦和6层的车库等。整组建筑群布局紧凑，建筑密集有序。

☀ 白宫

白宫是美国总统府所在地，坐落在首都华盛顿中心区宾夕法尼亚大街1600 号。南与华盛顿纪念碑相望，北依拉菲特广场。因外墙是由白色的砂岩镶嵌而成，故称白宫。该基址是由美国第一任总统乔治·华盛顿选定的，由美籍爱尔兰设计师詹姆斯·霍本设计，始建于1792 年，1800 年基本完工。但第一位入主白宫的总统并不是华盛顿，而是第二任总统约翰·亚当斯。1901 年由西奥多·罗斯福正式命名，美国历届总统均以白宫为官邸，使白宫成了美国政府的代名词。白宫是美国总统工作及与家人共同生活的地方。

联合国总部大厦

大厦位于美国纽约曼哈顿东区第42 街和第48 街之间，占地6 个街段，由联合国秘书处大楼、联合国大会及安全、经社和托管理事会会议楼、图书馆组成，被称为“国际领地”。总部正面广场上飘扬着联合国180 个成员国的国旗，有来自各国的5000 多名工作人员在这里工作。总部的主体建筑是高达39 层的秘书处大楼，它是一座长方形的盒式建筑，联合国秘书长的办公室设在38 层。大楼东西两侧是宽敞的钢窗，南北两侧镶嵌着灰色的大理石板。大楼北面是联合国大会会议厅，会议厅中的每个代表团有6 个席位，表决时只要按动桌子上的电钮，就可以在主席台后墙上的显示牌上出现绿、红、黄色灯光表示赞成、反对或弃权。联合总部的建成标志着现代主义建筑潮流在20 世纪中期占了上风。

☀ 澳大利亚悉尼港桥

　　悉尼海港大桥是南半球最大的拱桥，号称"世界第一单孔拱桥"。屹立在悉尼歌剧院的西面，横跨杰克逊海港，连接悉尼市南北。包括引桥全长1149米，桥面宽49米，中间为双轨铁路、8条汽车道、2条自行车道，两侧人行道各宽3米。从海面到桥面高58.5米，万吨巨轮可以从桥下通过。整个大桥如长虹卧波，气势磅礴。大桥于1923年开始建造，1932年竣工，历经9年。整个工程使用钢铁5.28万吨、水泥9.5万立方米、油漆27.2万升、铆钉600多万个，桥塔、桥墩用花岗石1.7万立方米。从这些数字足可见铁桥工程的雄伟浩大。在20世纪30年代的条件下，能在大海上凌空架桥，实为罕见，足以与巴黎铁塔和伦敦铁塔相媲美。

☀ 日本明石海峡大桥

日本明石海峡大桥，连接四国岛和本州岛，是世界上最长的双层桥，也是连接内陆工业的重要纽带。它跨越日本本州—四国岛之间的明石海峡，最终实现了日本人一直想修建一系列桥梁把4个大岛（本州、九州、北海道和四国岛）连在一起的愿望，创造了20世纪世界建桥史的新纪录。大桥全长3910米，主跨长1991米，桥面宽35米，设6车道；桥塔高280米，两根大缆各由290根高强钢索构成，直径为1.222米；总投资约40亿美元。1995年1月，在日本坂神发生里氏7.2级大地震，该桥经受住了大自然的无情考验，只是南岸的岸墩和锚锭装置发生了轻微位移，使桥的长度增加了0.8米。

伦敦塔桥

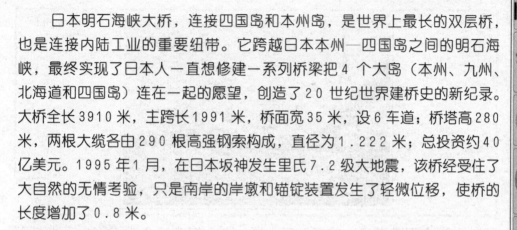

伦敦塔桥位于伦敦塔旁，距西敏寺不远，是伦敦标志式的建筑物，建于19世纪90年代，于1894年建成通车，屹立于泰晤士河上，已有近百年历史，外形十分典雅，结构形式也与众不同，颇具气势。以前塔桥利用水压以蒸汽作为开关的动力，1976年起改用电动控制。塔桥的桥身分上下两层，下层桥可以两面张开，每天开放两次让船只通过。两边有两座哥特式样的尖塔建筑，塔顶由大小五座小尖塔组成，颇有童话古堡的色彩。游人可以进入塔里参观，乘古老升降机登上塔顶，里面设有专馆介绍塔桥的建造，游人并可于上层的桥上鸟瞰伦敦市沿河两岸的景色。

✺ 上海杨浦大桥

　　上海市区黄浦江上的第二座大桥，距上游南浦大桥约11千米。于1993年10月竣工通车，它与南浦大桥遥相呼应，是内环线高架连接浦东与浦西的过江枢纽，总长为7654米，跨径为602米，主桥长1172米、宽30.35米，共设6车道。杨浦大桥为双塔双索叠合梁斜拉桥。呈倒"Y"形的主桥塔高208米，邓小平同志特为杨浦大桥题写的桥名镶嵌在主塔三角区内。杨浦大桥的设计日通过能力为4.5万辆机动车，离浦江水面为48米，桥下可畅通万吨级以上船舶。大桥主桥左右侧也建有2米宽的观光人行道，游客可以从地面搭乘观光电梯到达主桥面，凭桥观赏浦江两岸风光。

✺ 国油双峰塔

国油双峰塔坐落于吉隆坡市中心，由著名的凯撒培礼建筑事务所设计完成。整栋大楼的格局采用传统回教建筑常见的几何造型，包含了四方形和圆形。高度为450米，占地341 763平方米，包括了办公大楼、公共设施以及会议中心等。大楼中有一所可容纳850个座位的国际会议中心、一个原油探勘资讯中心、一座专门收藏石油、石化业及相关产业资讯的图书馆，此外还有一所艺廊，增添了一些文化气息。在41和42楼之间，有"天空之桥"与塔相连，它代表着通往吉隆坡现代化的通道的意义。目前，国油双峰塔不仅是全世界最高的建筑物，也是足以在国际间代表吉隆坡的地标。

金门大桥

金门大桥是世界上最壮观、最大的单孔吊桥之一，位于旧金山湾入口处，建于1933～1937年间，耗资达300万美元，总长度是2737米，主跨为1280米，大桥主跨中部的垂直净高67米，塔高227米。桥墩位于海中335米的地方，向下至20米深的海底岩石上。在桥墩的四周修建了混凝土护栏，呈圈形，9米厚，27米深。在修建的四年间因为脚手架事故而导致10人死亡。该桥桥身线条优美，漆着显眼的橘色是为了防止在浓雾时有海鸥或低飞的飞机撞上。在桥上观赏景致，非常壮观，它东望湾区，西向太平洋。大约要40分钟才能走完全桥。如今，金门大桥已成为旧金山人民的骄傲。

ok

☀ 香港青马大桥

　　香港青马大桥不仅是香港一个主要的建筑标志，更是全球最长的行车及铁路吊桥。自1992年5月起开始兴建，历时5年竣工，耗资71.44亿港元，桥身长度为2.2千米，主跨长度1377米，离海面高62米。其混凝土桥塔高206米，采用的吊缆钢线总长度达16万千米，单是结构钢重量便高达5万吨。大桥除创造世界最长同类型吊桥纪录外，包括青马大桥在内的"机场核心计划"，于1999年荣获美国建筑界权威及编辑评选为"二十世纪十大建筑成就奖"得主之一，与巴拿马运河、英法海峡隧道及旧金山金门大桥等其他九项工程同享殊荣。

☀ 哈佛大学

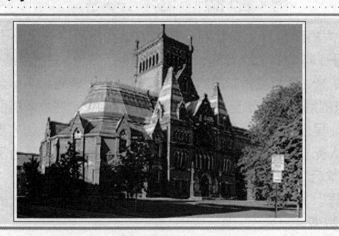

建于1636年。1639年学校更名为哈佛学院。1780年，被马萨诸塞州议会破格升为哈佛大学，此名一直沿用至今。哈佛大学现共设有13所学院。到目前为止，哈佛共出过6任美国总统、33名诺贝尔奖金获得者和32名普利策奖获得者。此外，还出了一大批知名的学术创始人、世界级的学术带头人、文学家、思想家，如诺伯持·德纳、拉尔夫·爱默生等。我国近代也有许多科学家、作家和学者曾就读于哈佛大学，如林语堂、梁实秋、梁思成等。世界上最大的大学图书馆——哈佛图书馆拥有100多个书库，总藏书量达1100万册，仅次于美国最大的国会图书馆。

斯坦福大学

是一所美国私立大学。地处加利福尼亚州旧金山半岛。1885年创建，经过100年的努力，斯坦福大学已成为美国和全世界都知名的一流大学。1985年，《亚洲华尔街日报》评斯坦福大学为亚洲学者心目中名列第三的世界顶尖大学，仅次于哈佛、牛津（与剑桥并列）大学。该校在美国研究性大学中名列第一。目前，斯坦福大学在校学生总数为1.355万人。学校的主要学术机构有商业研究院、胡佛研究所等。第二次世界大战后，在斯坦福大学的振兴中，经过研究基金、学术机构和产业开发三种力量的联合努力，创建了斯坦福大学研究园，最后产生了硅谷。

ok

☀ 牛津大学

　　英语国家中最古老的大学，早在1096年就已有人在牛津讲学，12世纪末牛津被称为"师生大学"，1214年改称牛津大学并沿用至今。第二次世界大战后，研究生教育大发展，目前共有28所学院兼招本科生和研究生，研究生人数已达学生总数的27%。目前，牛津共有35个学院，6个准学院，各学院规模不等，但都在500人以下。牛津的博德利图书馆是英国第二大图书馆，藏书600万册。牛津大学在英国高等教育和社会发展史上具有极其重要的地位，在英国历史上的40个首相中，就有29个是牛津毕业生，牛津大学毕业生中还有21位获诺贝尔奖。

☀ 剑桥大学

剑桥城因有桥架剑河之上而得名，公元875年它就存在了。1209年，一些学者为躲避牛津地区市民的敌视，移居剑桥，继续教学。1226年，由于学生人数增加，他们就以一位大法官为代表建立求学者和教师们自己的组织，负责安排课程、组织教学。这个组织就是剑桥大学。目前，剑桥大学共有31所学院，全校教学和研究人员约4600名，属于理科性质的院系32个，属于文科性质的部共33个，包括自然科学、工程、计算机、建筑、管理、医学、经济、考古、法律、哲学、教育、艺术等各个方面。剑桥大学图书馆藏书已超过350万册。

耶鲁大学

1701年在康涅狄格州成立。在美国最古老的大学中名列第三。第二次世界大战以后，虽然通货膨胀等一系列社会问题毫无例外地影响着耶鲁，但是，由于格里斯沃尔德校长励精图治，耶鲁很快恢复了独树一帜的学术活动以及认真负责的教学传统与自由争鸣的学术气氛。1950年，耶鲁为1.1653万名学生授予学位，这在当时的大学界是一个惊人的数字。耶鲁现有12个学院，全职教师1424名，科研人员577名。图书馆藏书超过900万册，是全美第三大图书馆，全球第二大大学图书馆。

☀ 东京大学

　　成立于 1877 年，是日本创办的第一所国立大学，也是亚洲创办最早的大学之一，公认为日本最高学府，是亚洲一所世界性的著名大学。它的前身是明治时期创办的东京开成学校和东京医科学校，于 1877 年根据文部省指示将上述两校合并，定名为东京大学。设有文学、法学、理学、医学 4 个学部。二战后重新恢复了最早东京大学的校名。今天，东京大学已成为具有 10 大学部、12 个研究生院、12 个研究所、数万名师生员工的综合大学。1986 年亚洲一些大学校长和行政管理人员投票评选 10 所世界著名大学时，东京大学作为亚洲唯一代表入选。

☀ 巴黎七大

巴黎七大是一所有200 多年历史的综合性大学。现有教师1800 名，占地面积24.5 万平方米。学校开设200 多门课程，教学机构有三大分支：第一大分支是医学，学生数量众多，包含了巴黎最大的两家医学院，而在研究方面则拥有欧洲最重要的让·贝尔纳研究组；第二大分支是文科，包括文学、语言及社会科学；第三大分支是自然科学。巴黎七大现共有5 个图书馆。巴黎七大是一所蓬勃向上的学术与教育机构，它的基本目标是：深入研究各个领域，面向未来，培养自由的、富于批评精神的学者。

麻省理工学院

该校位于马萨诸塞州的坎布里奇城。师资质量和水平是公认的。有93 位教师任国家工程科学院院士，90 位国家科学院的成员。该校的教育致力于使学生获得强有力的科学、技术和人文基础方面的训练和熏陶，鼓励他们提出问题、寻找答案，并在这一探索的过程中发挥个人的独创性。在自然科学和数学、人文和社会科学这两大部分都有同等的硬性要求：自然科学包括化学、生物学、物理学等，并且理论和实验并重；人文科学和社会科学方面则要求在包括文学和名著研究、语言、艺术、文化与社会以及历史研究等5 个领域中完成三个领域的研修。

普林斯顿大学

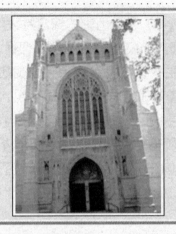

102

建校于1746年，校址在伊莉莎白，1756年迁到普林斯顿，1896年正式改名为普林斯顿大学。普大初建时以语言和文理科教学为主。随着时间的推移其专业培养目标逐渐扩大，包括工程学、应用科学、建筑学、国际关系、创造性艺术等。目前，普大每年注册学生6300人，其中本科生4500人，研究生1800人，总资产已超过30亿美元。有人类学系、建筑学系等34个系科。费贝斯通图书馆是一个开放性的图书馆，藏书达400万册。普林斯顿大学艺术博物馆是一座教学博物馆和为社会服务的重要资源，在艺术、人类学、自然史方面有很多珍品。

哥伦比亚大学

哥伦比亚大学建于1767年，该校成立了美国第一所授予医学博士的医学院。该校共开设3.575万门课程，包括建筑、艺术、商业、牙科、工程、国际事务新闻、法律、图书馆服务、医学、社会工作等专业的所有文理科和专业课程。哥伦比亚大学图书馆是美国第七大图书馆，共藏有600万册图书，以及2500万份手稿。该校的教学强调专业与综合教育相结合，核心课程主要侧重于人文学科。哥伦比亚大学被誉为培养政治、经济领袖人物的摇篮。美国第26届总统西奥多·罗斯福和第32届总统富兰克林·罗斯福是该校的毕业生。

莫斯科大学

莫斯科大学是俄罗斯历史最悠久、规模最大的高等学校，最大的教学、科研和文化中心，也是世界上最著名的高等学府之一。1755年根据俄罗斯伟大学者罗蒙诺索夫的倡议创建于莫斯科。1940年5月7日莫斯科大学成立185周年时，以罗蒙诺索夫的名字命名。莫斯科大学对于俄罗斯科学和文化的发展起过显著的作用。从19～20世纪初，有别林斯基、莱蒙托夫等许多伟大的科学家在此展开科学和教育活动。截止1991年1月，莫斯科大学共有17个文理科系，45个专业。现有8000多名教师和科研人员，学生2.5万名。

北京大学

　　北京大学的前身京师大学堂，成立于1898年12月，1912年5月改名为北京大学。北京大学是"五四"运动的发祥地，是中国新文化运动的中心，也是全国高校的精神代表。北大是中国一流高校的典范，现有在校本专科学生9313人，硕士生4463人，博士生1645人和外国留学生1047人。现有专任教师2066人，其中中国科学院、中国工程院院士27人，国务院学位委员会学科评议组成员34人。北京大学是一所拥有自然科学、技术科学、人文科学、社会科学、管理科学、教育科学、语言科学、医药科学和新型工程科学等多种学科，集人才培养、科学研究、社会服务为一体的新型综合性大学。

清华大学

地处北京西北郊繁盛的园林区，前身是清华学堂，始建于1911年，1928年更名为“国立清华大学”。目前设有11个学院共44个系，并正在筹建医学院，是中国一所著名的设有理、工、文、法、管理、艺术等学科的综合性大学。现有教职工约7100人，其中中国科学院院士24名、中国工程院院士24名。清华大学一直是全国最优秀考生向往的殿堂，这里治学严谨、学风浓郁。目前，在校全日制学生2万多名，其中本科生1.2万多名，硕士生6200多名，博士生2800多名。清华蕴涵着“自强不息、厚德载物”的独特精神魅力，清华人将为中华民族的崛起与腾飞奋斗不止。

教育家蔡元培

蔡元培（1868—1940）是中国近代民主革命家、教育家、科学家。浙江省绍兴府山阴县人。18岁设馆教书，26岁中进士，点翰林，28岁授编修。1902年组织中国教育会任会长，1904年组织光复会，1905年参加同盟会，1907年赴法留学，1912年1月就任南京临时政府教育总长，1915年与吴玉章等人组织华法教育会、提倡留法勤工俭学，1917年任北京大学校长，1928年后专任中央研究院院长，1940年在香港病逝。蔡元培是20世纪初中国资本主义教育制度的创造者，对中国教育的发展有着深远的影响。

☀ 教育家张伯苓

　　张伯苓（1876-1951）是中国教育家，原名寿春，天津人，北洋水师学堂毕业后在海军军舰见习。主张教育救国。清光绪二十四年（1898年）在严修所设馆教授西学，后随严修到日本考察教育，归国后创办敬业中学堂，后改名南开中学堂。1917年赴美研究教育。1919年与严修筹办南开学校大学部，创立南开大学。抗日战争爆发后，任西南联合大学校务委员会常委。1938年任国民参政会副议长。1948年任国民政府考试院院长，不久辞职。主张德、智、体三育并重，提倡科学，尤重视德育，大力提倡体育。教育论著辑为《张伯苓教育言论选集》。

☀ 教育家陶行知

陶行知（1891—1946）是中国教育家。原名文浚，又名知行，安徽歙县人。清宣统二年（1910 年）入金陵大学文学系，1914～1917 年在美国接受教育，获伊利诺大学政治硕士学位。1917 年回国，先后在南京高等师范学校、东南大学等高校任职。“五四”时期主张改革旧教育，提倡新教育、女子教育、学生自治等。1923 年专任中华教育改进社主任干事，从事平民教育运动，1927 年后积极提倡乡村教育运动。后系统提出生活教育理论的基本观点：“生活即教育，社会即学校”，“教学合一”等。被毛泽东誉为“伟大的人民教育家”。

义务教育

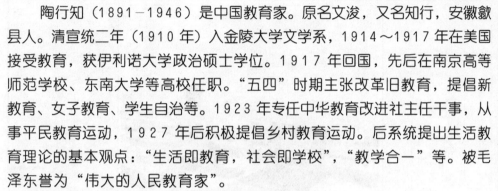

亦称“普及义务教育”、“强迫教育”。根据国家法律规定，对适龄儿童实施一定年限普及的、强迫的、免费的学校教育。这种教育要求社会、学校和家庭予以保证，对儿童既是应享受的权利，又是应尽的义务。义务教育最早产生于16 世纪欧洲宗教改革运动中。各国实施义务教育的年限基本上由各国的经济发展水平和文化教育程度决定。我国于1982 年在《中华人民共和国宪法》中列入普及初等义务教育的规定，并在1986 年7 月1 日颁布的《中华人民共和国教育法》中作了详细的规定。

✸ 远程教育(网络教育)

一种师生分离的、不能面对面组织的教学模式。它是一种施教者通过多种传播手段向受教者传递知识信息，连接教与学的过程。从本质上说，远程教育只是一种与学校教育不同的教育模式，它最突出的特征是：(1)在远程教育系统中的教师和学生是分离的，学生与学生在大多数情况下也是分离的；(2)远程教育系统中有多种传播教学内容的手段；(3)教师在教学活动中的地位和作用发生变化，学生成为教学活动的中心；(4)远程教育系统是一个交互式的系统。广播电视大学和函授是远程教育的初级阶段，网络教育则是远程教育最富生命力的形式。

✸ 通才教育和专才教育

通才指发展较全面、知识面较广、活动领域较宽的人才。20 世纪 50 年代以来，现代科学的发展，既高度分化，又高度综合，出现知识整体化的趋势。产业结构的变化和劳动者的频繁流动也对人的才能提出多方面的要求。世界各国都在提倡“通才教育”，以培养适应性强的人才。而专才教育则与此相对应，指培养的是专业方向较为集中，只在某一领域或某一领域的某个方面具有专门知识和技能技巧的人。通才教育和专才教育两者并不矛盾，可以互相补充。

剑桥大学图书馆

英国综合性研究图书馆，创建于 1424 年。当时只有 76 卷捐赠的图书。1709 年英国颁布版权法，规定凡本国出版的图书都要免费缴送该馆，从而使馆藏迅速增加。现在的馆舍建于 1934 年。1982 年有图书 360 多万册，现刊 4 万多种，善本特藏 4000 多卷，地图 9 万多幅，以及大量缩微胶卷和图片等。著名的特藏有以历史书为主的艾克顿文库，英王乔治一世赠予的皇家图书馆文库，达尔文收藏的图书及其笔记等手稿，英国著名学者如鲍德温、克鲁、哈定等人的论著、手稿等。该馆不仅为本校服务，也为议会的议员服务。总馆下设有科技期刊图书馆、医学图书馆和法律图书馆。

✺巴黎国立图书馆

　　法国最大的图书馆，也是世界上最大的图书馆之一。设在巴黎。前身是1386年建立的国王私人图书馆，当时只有800册手抄本，后发展为皇家图书馆。经逐步扩充，形成了现在的"黎塞留"四边形大楼。1984年该馆馆藏达8000万册（件），主要职能是：（1）完整无缺地收藏出版物呈缴制度所规定的所有文献；（2）使所藏文献处于完好状态；（3）让读者了解和科学地利用馆藏。该馆还担负着国家书目中心、国际交换中心、国家外借中心、国家古籍和珍贵文献中心和文献修复中心等任务。该馆的国际交换工作始于1694年，是欧洲最早开展国际交换工作的单位之一。

✺俄罗斯国家图书馆

世界上最大的图书馆之一。前身是建于1862年的莫斯科鲁勉采夫博物院图书馆。该馆的基本职能有：（1）全国各种出版物和国外文献的收藏中心；（2）读者服务和馆际互借中心；（3）全国推荐书目和书目情报中心；（4）全国文化和艺术问题情报中心；（5）全国图书馆学、目录学和书史等研究中心；（6）全国图书馆科学方法研究、指导和咨询中心。1987年，该馆共藏有247种文字的文献3500多万册(件)。国外文献占40%。每天通过定购和交换可获得最新文献7000～8000册。馆藏中有大量珍贵文献。1976年增建了书籍博物馆，从事书史的研究并对外开放，传播古文献知识和宣传本国文化。

美国国会图书馆和国家档案馆

世界上最大的图书馆。建于1800年，主要为国会服务，并担负着国家图书馆的职能。馆址在华盛顿国会山，馆舍由杰斐逊大楼、亚当斯大楼和麦迪逊大楼组成，总面积34万平方米。它已成为国会、政府、学术界和一般读者的参考咨询中心、国际交换和国际互借中心、全国目录中心、各国政府出版物和联合国资料收藏中心、国内外馆际协作中心和图书馆学研究中心。馆藏达8598.58万册(件)，包括470种文字。其中印刷图书1200多万册、缩微资料700多万件、视听资料1200多万件、地图380多万幅。馆藏中有许多珍品。该馆还是中国以外收藏中文图书最多的图书馆之一。

☀ 德意志自然科学与技术成就博物院

　　世界最大的科学技术博物馆，位于德国慕尼黑博物馆岛上。展出内容共分３０个部分：地下资源和露天采矿，石油和天然气，矿山，选矿和洗煤，冶金工业，金加工，发动机，陆上交通，室外展出，隧道建设，街道和桥梁，水利工程，电气能源技术，航运，航空，物理，核能技术，通讯技术，乐器，化学，技术化学，制陶、制玻璃技术和造纸技术，书写印刷术，摄影术，纺织技术，度量衡，计时，农业技术，宇航，天文。馆内收藏有大量仪器设备的历史原件及模型，其中许多可供现场操作，并配有文字论述和画面介绍。诸部分中较引人注目的是六、七楼的天文学部分。

☀ 俄罗斯国立艾尔米塔什博物馆

俄罗斯最大的艺术与文化历史博物馆，世界最迷人的幽宫，位于彼得格勒涅瓦河畔。该馆收藏异常丰富，有各类文物270万件。其中，绘画约1.5万幅，雕塑约1.2万尊，版画和素描约62万幅，出土文物约60万件，实用艺术品约26万件，钱币和纪念章约100万枚。主要藏品有俄罗斯和各国稀有珍品，古希腊、罗马雕塑，西欧中世纪至近代雕塑和绘画。该馆陈列分原始文化史，古希腊、罗马文化与艺术，东方民族文化与艺术，俄罗斯文化，西欧艺术史，钱币，工艺7个部分。展品陈列于350多间展厅，展览线总长30千米，有世界最长艺廊之称。

美国自然历史博物馆

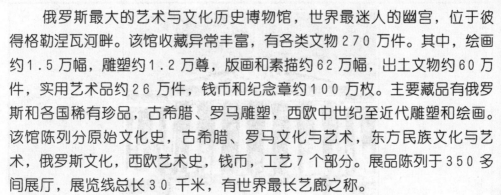

世界上规模最大的自然历史博物馆之一，创建于1869年。位于纽约曼哈顿区中央公园西侧，占地总面积7万多平方米。该馆拥有标本2000万号，其中软体动物200多万号，鱼类近50万号，鸟类达100万号以上。古生物和人类学的收藏在世界各博物馆中占居首位，五大洲的代表性标本均有收藏。陈列范围主要包括天文学、矿物学、人类历史、古代动物和现代动物5个方面。500～1500平方米大小陈列厅共有38个。设有动物行为学等10多个学科研究部。该馆设有图书馆和奥斯朋古脊椎动物分图书馆，藏有自然历史方面书刊30万册左右，其中许多是很有价值的首版专著。

☀ 英国不列颠博物馆

　　世界著名博物馆，在伦敦鲁塞尔大街。该馆收藏有世界各国的精美艺术品。设100余间陈列室，分为埃及古器物、希腊和罗马古器物、西亚古器物、欧洲中世纪器物、东方古器物、英国史前和罗马占领时期艺术、钱币和纪念章、版画和画稿等部门。其中以古代埃及艺术、希腊和罗马艺术、东方艺术等部分最引人注目。古代埃及艺术部分陈列有举世闻名的罗塞塔碑石、法老木乃伊等珍贵文物。希腊、罗马艺术部分陈列有巴台农神庙上的建筑雕刻、雅典卫城出土的雕塑等精美文物。东方艺术部分陈列有中亚、东南亚、中国、日本等地的文物，以中国文物最多、最精。

☀ 中国故宫博物院

中国最大的古代文化艺术博物馆，位于北京天安门广场北侧。1925年10月10日建立。该院是中国文物收藏最丰富的博物馆。所藏文物一类为清代宫中历史文物和奇珍异宝；另一类为中国历代文化艺术作品。包括有青铜器、玉及石质雕刻、古代印玺、书法名画和碑帖、古代陶瓷器、丝织刺绣品、漆器、珐琅器、金银器、竹木牙质雕刻、明清家具等。故宫博物院是一座中国古代文化艺术的大宝库，陈列展览分两大类：一类为宫廷史迹原状陈列，目前保存和恢复的有前三殿、后三宫、西六宫、养心殿等多处；另一类为历代艺术陈列，开辟有专馆，长期或定期展出藏品。

第二章　民族风景线

　　你是否留意过，在这个蓝色的星球上，镶嵌着一颗颗璀璨的明珠——民族；你是否自豪过，在你的全部生命里，联系着一个伟大的称呼——中华民族；你是否惊奇过，为世界各民族美丽的传说、灿烂的文化和奇异的风俗；你是否感动过，为各民族人民辛勤的劳动、聪明的才智和迥然不同的际遇？正是这五彩缤纷的世界各民族，汇成了人类历史的绵绵长河；正是这几度沉浮的中华民族，成就了厚积薄发的儒家文化；正是寄托了人们虔诚信仰的奇风异俗，传承了震古烁今的浩荡文明；正是哭着喊着笑着的各族人民，创造了悲欣交集的人类历史！在这里，我们撷取了万紫千红的民族事物中的几束小花，推荐给读者。我们所作的，不是说教，不是灌输，也不是历史的考证和学理的探究；我们所希冀的是通过一个个词条中所包含的信息串起那一颗颗璀璨的明珠，从而让你对我们所归属的民族，对各民族的缤纷世界，对人类自身的发展有一个感性的了解；我们期望它能激发你——对我们民族、国家的那一颗激越飞扬的爱心和自豪感。一滴水很快就会被蒸发，它只有汇入海洋才会发挥它的作用；人也一样，个体存在的意义很容易被忽略，我们只有把自己融入民族融入人类文明的摇篮才能保证自己的价值。

☀ 抢婚

原始社会的一种婚俗。即由男子通过掠夺其他氏族部落妇女的方式来缔结婚姻，亦名"掠夺婚"。中国历史上的室韦等族有抢婚习俗；云南景颇族曾盛行过称为"迷鲁"的拉亲和抢亲；部分傈僳族、白族、布依族、苗族、黎族、高山族均曾保留过抢婚习俗。在国外，古代希伯来人、阿拉伯人、希腊人、条顿人都曾行此婚俗，印度古代的摩奴法典曾规定掠夺婚为 8 种正当的结婚方式之一。当今社会的抢婚，一般事先已得到女方默契，由男方邀约伙伴"佯抢亲"，事后议定聘金举行婚礼；也有以象征性的抢婚作为婚礼仪式的，这也是抢婚习俗。

☀ 天葬

亦称"鸟葬"。葬前，将死者放在屋内角落处停一至数日，请喇嘛念经一次。葬时，尸体忌从房门抬出，只能从窗口运出。天葬是习惯形成的。专司天葬者将尸体用畜驮或背扛方式，运至天葬场。碎尸时，焚柏枝，烟缕升起，群鹰趋烟而至争相啄食。尸骨以食尽为吉祥，若有残余，送葬亲友则将其焚化。喇嘛教认为，天葬符合释迦牟尼传记中所说的"舍身救虎"精神，死者的灵魂也可以随鹰升天，得到来世的幸福。除藏族外，中国的部分裕固族和少数门巴族也行此种葬俗。在不丹、锡金、尼泊尔、拉达克等国家和地区的藏族中，也有天葬的习俗。

✹ 水葬

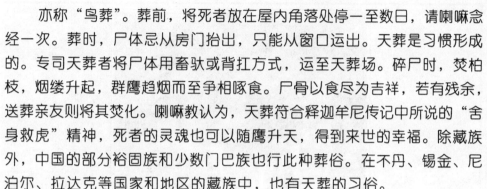

葬式之一。中国部分藏族、门巴族过去实行这种葬法。西藏地区的藏族多数实行天葬，唯凶亡者和一些传染病亡者被贬用水葬；另一些地区的藏族因地处草原，缺乏燃料，除农奴主行火葬、天葬外，一般也行水葬。水葬有固定的场地，多设在江河急流处。人死后，请喇嘛念经，由司水葬者或近亲将尸体屈肢捆扎，背至水葬场，在其前胸缚一巨石沉水。死者生前的穿戴用物归司水葬者所得，其余的财产半数交地方封建政权，半数交寺庙。由于治丧待客花费大，许多人因而负债，有些家庭甚至破产。大洋洲美拉尼西亚人、波利尼西亚人等也有此葬俗。

☀ 塔葬

　　佛教活佛和僧侣处理遗体的一种方法。它起源于原始佛教以塔安置佛舍利或佛之爪发的习俗。塔葬法有三：（1）将火化的骨灰埋葬在砖塔之内；（2）将骨灰盒或部分遗骸如头盖骨、肱骨、股骨等，放在被称为"灵塔"的"塔瓶"之内；（3）在"塔瓶"内安放经过药物处理的整尸和死者生前用品。在西藏，活佛或高僧死后，先用水银和"色拉"香料水冲洗肠胃，继而分别用樟脑水和藏红花水灌洗两遍，再用檀香木水和樟脑及藏红花通擦尸体表皮，最后用丝绸包扎，穿上袈裟，置于"塔瓶"之内。据说用此法处理，尸体经久不腐，且皮肤柔软如生。

☀ 火葬

葬式之一。以火焚尸，将骨灰储于盒内。中国早在春秋、战国时期，氐羌人就行火葬，在族源上与古羌人有关的藏、纳西、拉祜、哈尼、普米、怒等族在历史上也行火葬，现在仍有部分地区保持此种习俗。在西藏，活佛、上层喇嘛和部落头人死后行火葬。因民族和地区不同，火葬的仪式和方法也不尽一致。火葬在欧洲和亚洲的其他地区也有悠久的历史。古希腊人和罗马人为战争中死去的英雄们举行隆重的火葬典仪。印度的佛教徒和印度教徒死后必须火葬，将骨灰倾撒于恒河之中。近代随着都市的发展，火葬更为普遍，在大中城市中，火葬已日益普遍。

土葬

世界上各民族普遍采用的一种葬式，又称"埋葬"。约产生在旧石器时代中期。西欧的莫斯特期墓葬，是迄今所知的最早土葬。旧石器时代晚期，土葬有了发展。在死者四周围放置石块、石器和装饰品，并撒上赤铁矿等红色物品。土葬墓一般葬一具遗体，但也有数人或氏族（家族）成员合葬的。原始公社时期，氏族均有固定的墓地。土葬一般均有不同质地的棺和殉葬品，统治阶级墓葬的殉葬品甚丰，甚至还有以人殉葬的。最早的土葬多在人类居住的洞穴内外地表搁置死者，然后垒以土石，或掘一浅坑埋葬。随着社会的发展，土葬演变为多种形式。

☀ 树葬

　　葬式之一，亦称"风葬"。具体葬法颇多：有的在树杈上以树枝架成鸟巢状或在几个树杈上搭放横木，将死者陈放其上；有的在树上建造窝棚状小屋，将死者置其内；有的将死者悬挂或捆于树上。中国东北、西南等地区曾有这种葬俗。赫哲族猎人行猎而死，即就地取树干制成圆木棺，在四棵位置呈方形的大树树杈上架以横木，上铺树枝，将死者木棺置其上。对树葬习俗的产生，有的认为是远古人类"巢居"生活在葬俗上的反映，他们认为人们在生之时既然栖息于树上，死后到另一世界也同样要过树居生活。澳大利亚、新几内亚、北美、亚洲北部也曾有这种葬俗。

☀ 崖葬

　　在崖穴或崖壁上安葬人的遗体的一种葬俗，是风葬即露天葬的一种。崖葬习俗早在中国古代濮、越、巴、僚、汉等民族部分人中即已盛行。崖葬大体可分为四种类型：（1）将葬具放置在天然崖穴中的称崖洞葬；（2）将葬具放入山崖层理罅隙的称崖墩葬；（3）将葬具放置在开凿的山崖窟龛中的称崖窟葬；（4）在悬崖上凿孔钉木桩搁置葬具的称悬棺葬。葬具有多种：葬尸多用木棺、石棺、陶棺和布袋；葬骨或骨灰多用小匣、小函和陶瓮。一些崖葬处还伴有崖画、享堂或木偶。越南、泰国、印度和缅甸交界处，马来西亚、日本的琉球群岛等一些地方，也有崖葬习俗。

◉ 船棺葬

　　中国南方古代一些少数民族的葬俗，因以船形棺为葬具，故名。船棺葬分露天葬和土葬两种。船棺露天葬流行于东南部古越人所在地，主要是福建及江西的武夷山区。近年考古发现，这种船棺分底盖两部分，均由整段木头刳成，上下套合。底部为船棺的主体，中为长方形盛尸处；盖做半圆形，内部刳空如船篷状。船棺土葬系四川古代巴族的葬俗，流行于公元前4世纪末至公元前1世纪末。在东南亚和太平洋一些岛屿也行此种葬俗，如越南海防等地发现有船棺墓，所罗门群岛的重要人物也用船棺葬。汤加和萨摩阿群岛酋长的船棺埋于近海处或任其在海上漂流。

✳ 悬棺葬

　　中国南方古代少数民族的葬式之一，属崖葬中的一种。在悬崖上凿数孔钉以木桩，将棺木置其上；或将棺木一头置于崖穴中，另一头架于绝壁所钉木桩上。人在崖下可见棺木，故名。1946年中国学者考察四川珙县、兴文悬棺葬时，始将此词作为专称。各地发现的悬棺葬，葬具与年代各不相同。福建武夷山地区的多系整木挖制的船形棺，属春秋、战国之物。四川珙县、兴文一带的多系整木挖制的长方形棺，其上为人字坡盖，属元、明时期之物。珙县洛表悬棺的随葬品以衣服为主，其上装饰繁缛。棺葬工程艰险，耗资大，主要在贵族中盛行。

✳ 文身

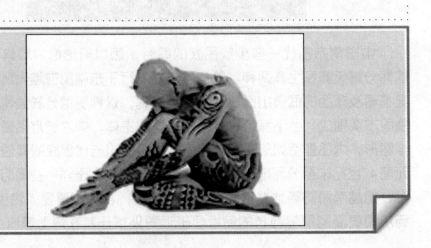

124

　　指许多民族中存在的一种装饰肤体的风习，即在身体的某一部分皮肤上经人工手术留下永不褪落的颜色图案。由原始人在肤体上绘画以为装饰的习俗发展而来，反映原始人的审美观念或宗教意义，有表示成年、吸引异性及避邪防害的作用。有些民族行此习俗，还与图腾崇拜有关，以此作为氏族、部落的标志。文身有黥文与瘢文之别，而以黥文较普遍。瘢文是在皮肤上做成一定形状的伤痕，力求对称和整齐，以作装饰；黥文则以带有尖状棘的树枝、竹或骨锥施行，刻刺时使用拍针棒，沿着事先描绘的线条拍刺肌肤出血，涂以黑汁、锅烟灰或各种植物染料液汁。

✹ 凿齿

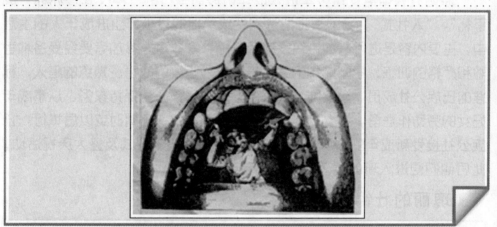

　　某些民族在原始社会时期产生的一种特殊习俗，又称"折齿"、"拔齿"、"打牙"。普遍认为凿齿风俗源于原始人模仿图腾动物的特征或为了美容、装饰、服丧及避邪。有些民族的男女青年普遍凿齿，有的民族只限于男性或女性一方。凿齿者多在青春期。凿齿的方式有敲折、拔除、锯平、毁损等，以对称地拔除门齿（中、侧）和犬齿两类齿组为多，拔下齿的较少。在世界其他地区，除欧洲外，凿齿风盛行于东亚、东南亚、南北美洲、澳大利亚、大洋洲、太平洋许多岛屿，非洲东部和东南部以及几内亚、刚果等地的居民中。日本在绳纹时代，凿齿风俗也颇盛行。

✳ 成年式

　　原始社会中男女青少年进入成年阶段时举行的一种仪式，亦称"成丁礼"、"入社式"。目的在于把达到性成熟期的青少年引进成年人的生活中，主要内容是进行一种带有宗教色彩的社会教育。参加者要经受各种考验和严格的训练，把刚成年的男子培养成为勇敢的战士、熟练的猎人、标准的氏族公社成员。少女则为未来生育和教养孩子、操持家务、从事成年妇女的劳动作准备。少女的成年礼一般在月经初次来潮时或以后举行。氏族公社接受新成年的人加入图腾集团须举行隆重的仪式及盛大庆祝活动，此后他们便进入新的生活，并获得结婚的资格。

✳ 瑰丽的壮锦

壮锦是壮族一种瑰丽的工艺品，它与湘绣、蜀锦齐名，驰名中外。传说宋代有一位叫达尼妹的壮族姑娘，看到蜘蛛网上的露珠在阳光照耀下闪烁着异彩，从中得到启示。她用五光十色的丝线为纬，原色细纱为经，精心纺织而成，从此产生了瑰丽的壮锦。明代万历年间，织有龙、凤等花纹图案的壮锦已成为皇帝的贡品。清初，织锦成为壮族妇女必学的一种手艺，同时也成了壮族人民日常生活中的装饰品。壮锦色泽鲜艳，坚固耐用。传统的壮锦既有几何图案，又有各种描绘花纹，而凤的图案在壮锦中独占鳌头，“十件壮锦九件凤，活似凤从锦中出”。

“那达慕”大会

八月的草原，金风秋爽，牛羊肥壮，牧民们喜庆丰收的季节到了。这时候他们便开始酿制马奶酒，屠宰牛羊，缝制新衣，准备美味的食品，举办不同规模的“那达慕”（“娱乐”、“游艺”的意思），进行被称为“男儿三艺”的射箭、摔跤、赛马等传统体育比赛。摔跤是“那达慕”的主要内容，没有摔跤不能称为“那达慕”。“那达慕”源于13世纪初，其时蒙古族的头领们每当举行大“忽力勒台”（大聚会）时，除了制定法规，任免官员外，还要举行“那达慕”。今天的“那达慕”已增加了物资交流、文艺演出等内容，使这一传统的民族盛会更加喜庆、欢乐和富于实效。

❋ 能歌善舞的维吾尔族

　　维吾尔族约有720万人，主要聚居在新疆维吾尔自治区。其先民史称"丁零"、"回纥"等，公元10世纪，从鄂尔浑河流域西迁，一部分人定居于现在的新疆，融合当地突厥人、汉人、契丹人等，逐渐形成维吾尔族。维吾尔族语言属阿尔泰语系突厥语族，文字是以阿拉伯字母为基础的拼音文字。他们信仰伊斯兰教，习惯住平顶房，喜穿一种叫袷袢的长袍，饮食以面食为主，大部分从事农业，传统节日有肉孜节和库尔班节。维吾尔族素有歌舞民族之称，其舞蹈轻盈优美，通常以旋转、快速、多变著称。传统文化中音乐、歌舞、文学、建筑、医药等均有辉煌成就。

❋ 在牛鼻子上抹酒的苗族

现有人口约 740 万，主要分布在贵州、湖南、云南、广西、海南等地。苗族自称"牡"、"摸"、"毛"等，其先祖可追溯到原始社会时代活跃于中原地区的蚩尤部落。苗族的宗教信仰主要是自然崇拜和祖先崇拜，每年秋后过苗年，都要举行盛大的祭祖仪式，将做好的美味佳肴摆在火塘边的灶上祭祖，还要在牛鼻子上抹酒以示对其辛苦劳作一年的酬谢。苗族多住山区，以从事农业为主，兼营林业。住吊脚楼和茅草房。主食大米、嗜吃酸辣。文化艺术丰富多彩，以芦笙歌舞为代表的音乐舞蹈以及刺绣、挑花、蜡染、银饰、剪纸等工艺美术，均久负盛名。

清水江畔的龙舟节

苗族人民的龙舟节历史悠久。清乾隆年间徐家干著的《苗疆闻见录》记载说："好斗龙舟，岁以五月二十日为端午节，竞渡于清水江宽深之处。共舟以大整木刳成五六丈，前安龙头，后安凤尾，中能容二三十人。短桡激水，行走如飞。"每年农历五月二十四日，台江、凯里、黄平、剑河等地人民穿着节日的盛装，喜气洋洋地云集在台江、施秉交界的清水江边，尽情欢度为时 4 天的龙舟佳节。龙舟节除了赛龙舟外，还进行球赛、图片展览、赛马、斗牛、斗鸟、对歌等活动。黄昏，沙滩上的对歌活动更加活跃。成群的男女青年开始高声对唱，对歌传情，交织成一片歌的海洋。

❀ 苗族吃新节

也叫"新禾节",没有统一的规定日期。在节日前,人们都精心把自己的牛和马喂得膘肥体壮;姑娘们绣好美丽的衣裙、飘带,备好银花首饰;小伙子们忙于修整和添置芦笙;老人邀约至亲好友;主妇们则到田间收来新谷。节日里,天刚破晓,人们便带上新米饭、酒、鸡、鸭、鱼、肉来到一块长势较好的田间,祭过先人之后,宴席开始,大家围成一个圆圈,每人将手中的酒杯举到下一位的唇边,老人一声令下,大家接连欢呼三声,便互相敬酒,一饮而尽。顿时田间笑声回荡,对歌、踩塘、跳芦笙等传统的文体活动开始,直到黄昏。

❀ 敬牛角酒和奉鸡心

苗族凡有宾客，主人即以自酿米酒斟满牛角，双手捧着相敬。如果来者是贵客，必须持酒奉案于路口迎候，主人双手将牛角敬奉贵宾唇边，客人须双手相接，将酒饮尽。敬酒后主人将几根筷子捆成一束，蘸上朱红，在客人额上点一个红印，表示为客人祝福之意。苗族人还认为，鸡心代表人心，以鸡心献给客人，包含着"交心"之意。所以，每有宾客来到，在宴请客人时，长者或尊者便将烹制好的熟鸡心敬献给客人，表示同心一意，交契至诚。客人接受后，要把鸡心分成若干份，回赠给在座的诸位尊长，以示自己心底无私，忠诚不二，然后大家才一起食用。

❋争艳的百褶裙

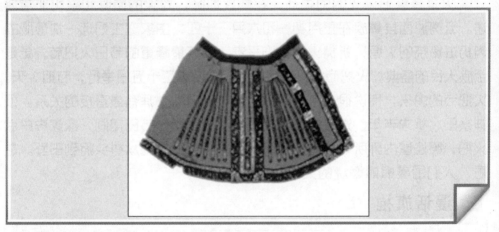

传说很久以前，一只孔雀在深山密林里，看见一位苗族姑娘，它不仅不飞走，还展翅开屏与苗族姑娘的百褶花裙比美，结果比不过，就嫉妒地飞走了。神奇的传说，是人们对苗家姑娘辛勤劳动的赞美，因为苗族姑娘往往把绣得最漂亮的衣裙，看做勤劳、能干的象征。苗族妇女花裙上的图案整齐而对称，色彩复杂而鲜艳夺目。苗家没有不会绣花的姑娘。每年，当花山节到来的时候，就是姑娘们百褶裙争艳的日子。姑娘们行走在野花盛开的山路上，就像彩色蝴蝶在飞舞。年轻的小伙子就会像蜜蜂采花一样，围在她们身旁，把爱情的第一支歌对着她们歌唱。

✺ 彝族火把节

　　火是彝族追求光明的象征，在彝族地区，对火的崇拜和祭祀非常普遍。云南泸西县彝族在正月初一和六月二十四，由家庭主妇选一块最肥的肉扔进燃烧的火塘，祈祷火神护佑平安。彝族最隆重的节日火把节，更是全族人民的盛典。火把节多在农历六月二十四或二十五日举行，节期 3 天。火把节的由来，传说很多，其本源当与火的自然崇拜有最直接的关系。祭神祭田、祈求丰年、送祟驱邪是节日的不衰主题，节日期间，家家户户点火把，照遍屋内外所有角落。夜晚，全村的火把行列从村头照到田野。之后，人们围着熊熊燃烧的火堆，尽情歌舞。

✺ 漫话旗袍

旗袍，满语称"衣介"，古时泛指满洲、蒙古、汉军八旗男女穿的衣袍。现代旗袍非常适合中国妇女。清初旗袍式样有几大特点：无领、箭袖、左衽、四开衩、束腰，还在旗袍外套上坎肩，穿上坎肩骑马驰骋，显得十分精干利落。在满族南迁辽沈入主中原后，与汉族同田共耦，受汉族"大领大袖"服饰的影响，由箭袖变成了喇叭袖，四开衩演变为左右开衩。20世纪40年代后，受国内外新式服饰新潮的冲击，满族男性旗袍已废弃，女性旗袍由宽袖变窄袖，直筒变紧身贴腰，逐渐形成今日各色各样讲究色彩装饰和人体线条美的旗袍样式。

风味萨其马

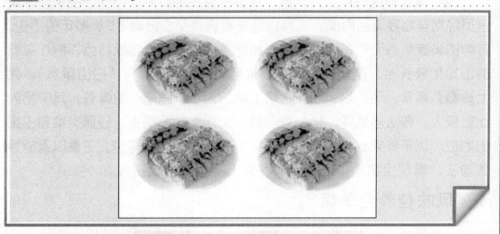

萨其马是驰名全国的满族糕点，其前身是满族的一种传统糕点——搓条饽饽。制作搓条饽饽先把蒸熟的米饭放在打糕石上用木锤反复打成面团，然后蘸黄豆面搓拉成条状，油炸后切成块，再撒上一层较厚的熟黄豆面即成。搓条饽饽是昔日满族的重要供品，所以也称为"打糕穆丹条子"。后来，用白糖代替了熟豆面，成了"糖缠"，更名为"萨其马"，人们又称其为"糖蓉糕"。这种饽饽色、香、味、形俱佳，深受人们的喜爱。饽饽是满族平时和节日的主要食品，品种繁多，各有特色。金黄的小窝头、酥脆的炸馓子、松软的淋浆糕等，数不胜举，各领风骚，都是满族的传统风味。

✺ 满汉全席

　　又称满汉燕翅烧烤全席，满、汉族合宴名称。清朝中叶，由于满、汉官员经常互相宴请而形成。这种宫廷佳宴流传至今已有200多年的历史。其中的满族菜肴无论在选料、制作和吃法上都保持着满族特色，制作菜肴的山珍如猴头菌、鹿茸等大都还是来自满族的老家——"白山黑水"。席上珍肴有熊掌、飞龙鸟、猴头、蛤土螺、人参、鹿尾、驼峰等，其中猪肉比重较大。做法多是烧、烤、煮、蒸。火锅类、涮锅类、砂锅类菜肴占突出地位。以干鲜果品、蜜饯为主要配料的菜肴，必不可少。主食以满族饽饽为主。满汉全席是中华民族饮食文化的重要组成部分。

✺ 风味佳肴全羊席

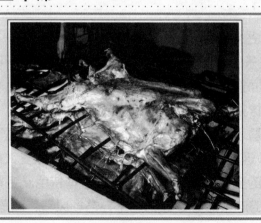

全羊席是锡伯族人用以接待贵客的独特菜肴，锡伯语称为"莫尔雪克"，意思是"碗里盛着的菜肴"。它是用新鲜羊的心、肝、肺、大肠、小肠、肾、羊舌、羊眼、羊耳、羊肚、羊蹄、羊血等杂碎做成。每一种剁碎做一种带汤的菜，分别盛在16个小瓷碗里，每碗都盛得不太满，随吃随添，始终保持热气腾腾。其中用羊肠子做的菜花样最多，每道菜的做法考究，风味不一。每碗里还要撒些切碎的香菜和葱花，看上去五颜六色，吃起来味道鲜美。席间还要上各种蔬菜泡制的花口菜，其味道酸、辣、咸俱全，吃起来清淡爽口，配合全羊席一起吃，可谓锦上添花。

✳ 侗族斗牛节

侗家人喜欢斗牛为乐，村村寨寨都饲养着善斗的"水牛王"。每年农历二月或八月逢亥那天为"斗牛节"。午时许"踩塘"开始，在锣鼓伴随的芦笙进行曲中，一支支斗牛队伍赶往打牛塘。三声炮响后队伍驰进打牛塘，绕场三圈。呼声、芦笙、锣鼓响成一片，震耳欲聋，这时，"踩塘"完毕，斗牛开始。打牛塘内，烟尘滚滚，两头牛王打成一团。拉拉队在一旁鸣锣呐喊助威。若是一方输了，那么胜利者就乘胜追击，失败者的彩旗就被对方的姑娘们全部夺去。几天后，胜方姑娘去送还败方彩旗，败方小伙子设宴款待，陪唱"大歌"，并赠礼品"赎旗"。

☀ 瑶族盘王节

　　盘王节是纪念盘王诞辰的节日。每年农历十月十六日，人们带着心爱的黄泥鼓从数里之外赶来参加盛会。这天除祭祀盘王，男女青年还要聚集对歌、交友，俗称"耍歌堂"。耍歌堂历时 3 天，第一天是祭祀、游神，将神像临时安放在村中；第二天未婚青年男女成群涌向广场"耍歌堂"对唱，成双结对的男女青年相对站立尽情欢唱，从朝至暮；第三天，男女老少浩浩荡荡将神像送回庙里，当夜幕降临时，鼓乐齐鸣，"耍歌堂"在欢庆的气氛中结束。每年旅居国外的瑶族同胞，携妻带女，纷纷回到久别的故乡——大瑶山，欢度这一盛大的民族节日。

☀ 苍山洱海话白族

白族人口约160万，主要聚居在云南省西部以洱海为中心的大理白族自治州，少部分散居四川、贵州、湖南等地。驰名中外的白族聚居区大理，苍山终年白雪皑皑，洱海碧波荡漾，素有“东方瑞士”的美誉。白族源于南迁的古氏羌人，汉、晋时期，白族先民被称为“昆明”；唐代称为“河蛮”、“白蛮”。由于白族风俗尚白，历史上曾有“白人”、“白王”之称。白族有自己的语言，属汉藏语系，大多数白族通晓汉语，并作为与其他民族的交际工具。白族多居平坝，从事农业，手工业和商业比较发达。在天文历法、建筑、雕刻、绘画和音乐舞蹈等方面都有突出成就。

白族三道茶

在白族村子，外人如赶上节期，肯定会被当做贵客受到款待。白族是一个知礼好客的民族，以“三道茶”敬客，是一种高尚的礼仪。第一道茶，选取较粗、较苦的茶叶装进小砂罐用文火烘烤，再冲滚烫的开水。此茶虽香，却也很苦，称之为“清苦之茶”。第二道茶，加进红糖、乳扇、核桃仁、芝麻，香甜可口，叫做“甜茶”。第三道茶有蜂蜜和4～6粒花椒调拌，甜中有苦，苦中有甜，还夹带一丝麻辣味道，便是“回味茶”。“一苦、二甜、三回味”的“三道茶”不仅是白族同胞待客的佳茗，它还蕴涵了丰富的人生哲理。

☀ 浪漫蝴蝶泉

　　在大理，情人相恋的美好去处，莫过于蝴蝶泉。一对青年男女为坚贞不渝的爱情而跳潭化蝶的传说，使蝴蝶泉成为大理地区最富浪漫色彩的胜景。蝴蝶泉坐落在云南大理旧城北２０千米苍山云弄峰下的神摩山麓。蝴蝶泉面积约５０平方米，用大理石栏杆围护。泉边有古树一棵，横卧泉面而过。每年农历四月，古树即发，届时，彩蝶从四面八方云集至此，飞舞翻跹，一只只"连须钩足"，从树枝倒悬于泉面，宛如一条条彩带。泉四周更是群蝶飘忽，色彩斑斓，人称"蝴蝶会"。真是"大理三月好风光，蝴蝶泉边好梳妆。蝴蝶飞来采花蜜，阿妹梳头为哪桩？"

☀ 白虎崇拜

　　白虎在土家人的心目中有着举足轻重的地位，土家族自称是"白虎之后"。相传，远古的时候，土家族的祖先巴务相被推为五姓部落的酋领，称为"廪君"。廪君率领部落成员乘土船沿河而行，行至盐阳，杀死凶残的盐水神女，定居下来，人民安居乐业，廪君也深受人们的爱戴。后来廪君逝世，他的灵魂化为白虎升天。从此土家族便以白虎为祖神，时时处处不忘敬奉。每家的神龛上常年供奉一只木雕的白虎。结婚时，男方正堂大方桌上要铺虎毯，象征祭祀虎祖。如今小孩穿虎头鞋，戴虎头帽，希望用虎的雄风来驱恶镇邪，得到平安幸福。

✹ 冬不拉

　　哈萨克族传统的拨弦乐器，也是新疆许多少数民族在节日或喜庆日子里演奏或为歌舞伴奏时常用的乐器，用红柳或松木制造，由音箱、琴杆、琴头等部分构成。传统的冬不拉长 80～90 厘米，琴头、琴杆及音箱背板用一整块木头挖制，音箱呈半梨形，有圆、平、尖三种底。琴杆细长，二弦，有羊肠弦品位 8～11 个。后经过改进，使音箱呈瓢形，加大了音量，音品改用金属或塑料片，分高、中、低音，品位最多为 17 品，也有四弦的。演奏时抱琴，左手按弦，右手拨弦。哈萨克族用此乐器伴奏创造的一种演唱形式冬不拉弹唱，充分体现了其民歌宽广、热情、奔放的特色。

☀ 傣族泼水节

　　泼水节是傣族最富民族特色的节日。泼水节是傣历的新年，节期在六月六日至七月六日之间，相当于公历 4 月。泼水节这一天人们要拜佛，姑娘们用漂着鲜花的清水为佛洗尘，然后彼此泼水嬉戏，相互祝愿。起初用手和碗泼水，后来便用盆和桶，边泼边歌，越泼越激烈，鼓声、锣声、泼水声、欢呼声响成一片。泼水节期间，还要举行赛龙船、放高升、放飞灯等传统娱乐活动和各种歌舞晚会。泼水的习俗实际上是人们相互祝福的一种形式，因为在傣族人看来，水是圣洁、美好、光明的象征。世界上有了水，万物才能生长，水是生命之神。

☀ 傣家竹楼

傣族人住竹楼已有1400多年的历史，竹楼是傣族人民因地制宜创造的一种特殊形式的民居。传统竹楼，全部用竹子和茅草筑成。竹楼为干栏式建筑，以粗竹或木头为柱桩，分上下两层。下层饲养牲畜家禽，堆放杂物；上层由一道竹篱分成两半，内间是家人就寝的卧室，严禁外人入内，外间较宽敞，设堂屋和火塘，既是接待客人的场所，又是生火煮饭取暖的伙房。傣家人的习惯进屋都要脱掉鞋子，光脚踩在竹席上。步上竹梯，坐在金黄色的篾席上，喝着主人送来的茶水或米酒，眺望着窗外绿茵茵的油棕、椰子和香蕉树，听着鸟儿的歌声，真是别有一番情趣。

☀ 清明节

中国汉族的传统节日，又是汉族历法中的二十四节气之一，节期在阳历4月5日前后。民间习惯在这一天扫墓，史籍记载清明节期间，上墓者往来于道，络绎不绝，"四野如市"，人们携带果品、纸钱，为祖先坟茔除草添土，祭拜之时，"郊外哭声相望"。富裕人家多借出城扫墓的机会郊游，称为"踏青"。不少地区的男女老幼还在清明节或栽插柳树，或折新柳枝佩戴，或"斗百草"、"打秋千"，或放风筝。壮、朝鲜、苗、侗、仡佬、毛南、京、畲等民族也过清明节。

☀古尔邦节

　　俗称"献牲节"，来源于伊斯兰教，与"开斋节"并称为该教两大节日。伊斯兰教规定，教历每年十二月上旬是教徒履行宗教功课，前往麦加"朝觐"的日期，在最后一天（12月10日）以宰杀牛羊共餐庆祝。这一习俗来自阿拉伯的一个民间传说，即"先知"伊卜拉欣梦见安拉要他宰杀自己的儿子伊斯玛仪献祭，以考验他对安拉的忠诚。当其子唯命俯首时，安拉深为感动，派特使送来一只黑头绵羊代替。从此，阿拉伯民族有了宰牲献祭的习俗，并把"古尔邦"定为宗教节日。世界各地穆斯林每到这一节日，都举行宗教祈祷，宰牲献祭，表示对安拉的顺从。

☀十二生肖的传说

十二生肖是一种古老的民俗文化事务，据说当年轩辕黄帝要选十二种动物担任宫廷卫士，猫托老鼠报名，老鼠给忘了，从此与鼠结下冤仇。而大象被老鼠钻进鼻子，给赶跑了。其余的动物，原本推牛为首，老鼠却窜到牛背上，猪也跟着起哄，于是老鼠排第一，猪排最后。虎和龙不服，被封为山中之王和海中之王，排在鼠和牛的后面。兔子又不服，和龙赛跑，结果排在了龙的前面。剩余动物经过一番较量，最后形成鼠、牛、虎、兔、龙、蛇、马、羊、猴、鸡、狗、猪的顺序。传说故事虽不是对问题的科学解释，却体现了人们希望对十二生肖的选择做出解释的愿望。

☀ 傈僳族江沙埋情人

"江沙埋情人"是傈僳族男女求爱最古老的方式之一。新年来临，福贡一带的傈僳族青年纷纷来到宽阔的怒江沙滩上，用口弦、琵琶等乐器伴奏起舞，交流感情。三五成群，无拘无束，寻求配偶。一旦心灵相通，小伙子便在沙滩上挖一坑，约上要好的几个同性伙伴，将意中人抬到沙坑里，用细沙埋在她的身上。之后，伙伴们迅速离去，小伙子马上将沙土刨开，也就表达了自己的爱慕之情。别看姑娘们平时温柔娴静，而这时却泼辣大方，往往七八个人统一行动，用偷袭的办法将小伙子连拉带推地埋入沙坑，任凭小伙子体魄强壮，也难逃这一情场闹剧。

☀奇特的"刀杆节"

144

　　在傈僳族中，"刀杆节"的习俗已有数百年的历史，每年农历二月初八举行。相传，明朝时期外族入侵云南边疆，朝廷派出兵部尚书王骥带兵前往御敌。王骥到达滇西北后，依靠当地傈僳人民团结战斗，很快就驱逐了入侵者。二月初八，王骥奉旨回京，不幸在途中被奸臣害死。为了纪念这位反抗外族入侵的人物及在战斗中牺牲的人，傈僳族人民决定将这一天作为"刀杆节"，由此沿袭，逐渐形成一种传统的体育活动。每年的这一天，人们都穿上节日的盛装，成群结队地来到会场，观看"上刀山，下火海"活动。

☀日本和服

和服是日本人民传统的民族服装，日语称"着物"，它源于中国唐代的服饰，奈良时代传入日本，首先在贵族中流行，称为唐风贵族服。和服宽大舒适，端庄文雅，适合日本人的体形和日本的气候。尤其是女性和服，色彩和花纹黑白分明，鲜艳夺目，既是生活中的实用品，又是具有欣赏价值的艺术品，所以即使在生活方式逐渐西化，西服和大量时装充斥日本市场的今天，仍有不少人喜欢在节日、纪念日、毕业典礼、结婚典礼，以及祝贺儿童成长的"七五三"仪式等隆重场合穿着和服。和服种类繁多，因性别、场合、年龄等各异。

日本茶道

茶是中世纪从中国传入日本的饮料，研成粉末的茶称为"末茶"。日本从室町时代起就流行喝末茶的各种礼仪和方法，不仅茶室和茶杯十分考究，品茶的设施和工具也颇有艺术性。与音乐、绘画、舞蹈等艺术形式相比，茶道艺术有许多特殊性。茶道艺术是通过人的眼、耳、舌、身来同时感受的，茶道艺术中有色、有声、有香、有味、有触感。茶道艺术试图包罗万象，并使之艺术化。茶道艺术要求参加茶事的客人一起参加表演，客人的举止和对茶道的修养程度直接关系到茶事是否成功。茶道艺术是无形的，但又是永久性的，茶人的日常生活是茶事的继续。

☀ 长脖子的巴洞妇女

　　巴洞是缅甸的一个少数民族，巴洞一词，在该族语言中意为长脖子，因为该族妇女的脖子比普通人长 3～4 倍。巴洞人认为长脖子是女性美的重要因素，男子选择对象都以长脖子为重要条件。巴洞妇女的长脖子不是天生的，巴洞女孩从 5 岁开始就要戴项圈，以撑长脖颈，据说最高的项圈多达 24 层。至于戴项圈的习惯，据该族老人说，当地老虎很多，因为老虎先咬人脖颈，为了防御而设计出这种项圈。据说这一风俗对于保持妇女贞洁很有作用，假如某个妇女有了外遇，最严厉的惩罚就是摘掉其项圈，这样她只能用手扶着头部行动，否则就只好一辈子困在床上。

☀ 土耳其人的肚皮舞

　　凡到土耳其观光的游客，都要到夜总会观赏肚皮舞这一东方绝技。肚皮舞又称东方舞，据说是从埃及古王宫传到君士坦丁堡的。肚皮舞由女子从小学跳，训练严格而艰苦，首先要训练肚皮功，然后训练胸肌，一直到能随时控制腹、胸肌活动为止。肚皮舞蹈家利用腹部肌肉的局部颤动，表演各种优美的舞蹈动作。跳舞时，腹部外露，以展示腹部放松、收缩和颤动的美姿和各种动作。收缩腹部，实际上是一种气动，有的能收缩得倒进一大碗清水而不外流。在土耳其，培养肚皮舞舞蹈家要经过严格挑选，他们的音乐学院还设有两年制的肚皮舞蹈班。

✺ 法兰西的达拉斯克龙节

　　传说在公元初，达拉斯克附近罗尼河畔的岩洞中，生长着一种怪兽，人们称之为达拉斯克龙，它长期在这个地区肆虐，吞噬着海员和村民。后来，马尔泰奇迹般地制服了它。从此，达拉斯克人信奉基督教。达拉斯克龙节由市政府节日委员会资助和筹备，每年 6 月底举行，从星期五到星期一，有滚球赛、舞会、自行车赛、小母牛赛跑、马赛、放焰火和盛大的宴会。礼拜天的游行有浓厚的地方色彩。早上观看好汉达达兰从非洲回到达拉斯克的表演，下午观看达拉斯克龙的游行。龙的传说也许人们早已忘记了，可是龙的模拟像却一年一度地游遍达拉斯克大街。

英格兰人的婚礼

英格兰人的婚礼一般要在圣公会的教堂里举行，由教堂的牧师主持。仪式开始，牧师郑重地问道："是谁将这位女子许嫁给人？"新娘的父亲回答道："是我。"接着，牧师分别问男女双方是否愿意以对方为妻（夫），两人分别回答"愿意"。随后，新郎新娘相互给对方戴上结婚戒指。仪式结束时，亲朋好友们纷纷向新婚夫妇抛散些米粒或彩色纸屑，向他们表示祝贺。教堂仪式结束，新婚夫妇要举行新婚招待会招待客人，招待会结束时，新郎新娘提前离席，回到新房换上旅行服装，随后同客人们告别，乘上汽车，在一片欢笑声和祝福声中，离家开始蜜月旅行。

西班牙的卡兰达鼓节

　　西班牙的卡兰达鼓节一年一度，已经持续了800年，每年耶稣受难日，都是这样度过的。卡兰达是西班牙特鲁埃尔省的一个小镇，只有3500位居民。在鼓节那天，大约会有2000多名男女老少，穿上紫色的长袍，挎着各式各样的鼓，挤满市镇广场和毗邻的街道。当正午教堂大钟敲响时，2000面鼓便铺天盖地地响起来，然后大家把鼓声带到小镇的每个角落。下午4点又在广场汇集，在整齐的鼓声中，绘有耶稣受难像的彩车缓缓游行，直到夕阳西下。当天夜晚将是一个不眠之夜，鼓声伴随着人们，只有次日镇长亲自主持的祈祷仪式才能结束这24小时的疯狂。

✹ 南斯拉夫的含羞花节

　　南斯拉夫亚得里亚海海滨的南半部是著名的含羞花风景区，含羞花遍地开放，宛如花的海洋，绚丽异常。当南斯拉夫大部分地区还被皑皑白雪覆盖的时候，唯独含羞花挂满枝头，一花独放。南斯拉夫人认为含羞花是冬天里的春天。从1970年起，每当含羞花盛开的时候，南斯拉夫人便在亚得里亚海海滨举行含羞花节。在节日那天，人们从四面八方纷纷来此采摘含羞花，大家手捧美丽的花儿随着乐队沿海滨行进。林荫大道两旁的树上挂着五颜六色的彩带、彩旗。晚上则举行化装舞会，客人们也应邀翩翩起舞，人们尽情享乐，直至深夜甚至黎明。

☀ 塞尔维亚的精灵——维拉

　　南部斯拉夫人信奉一种名叫维拉的精灵，看到一个人死了，塞尔维亚人常讲"维拉把他摄走了"。在塞尔维亚人心目中，维拉是地位低于神的超自然体。所谓"维拉"，实际上是森林、田野、山峦、水域，或者空际等种种精灵的统称。在塞尔维亚人眼里，维拉一个个艳若天仙，身着又轻又薄的白色长裙，举手投足犹如蹁跹起舞。塞尔维亚人相信，一个孩子刚出生时，维拉就决定了他的命运。但是维拉是善良的，喜欢帮助患难的人们，她给农民带来丰收，给艺术家带来灵感。维拉虽然青春永驻，却依然生儿育女，在塞尔维亚人的心目中，维拉是一个具有魔法和人性的绝色精灵。

☀ 流浪的吉卜赛人

　　在吉卜赛人中至今还流传着这样一个神话故事：很久以前，在恒河两岸有一个体格健壮而俊美的人群部落触怒了天神，天神施展法术，在他们背后刮起一阵狂风，吹得他们连人带马飘荡到异国他乡。神话传说虽不足信，但它在一定程度上反映了吉卜赛人的民族特点和历史经历。吉卜赛人，本名多姆人，祖居印度北部的旁遮普邦一带，大约在公元10世纪后，迫于战乱和灾荒，成群结队地离开印度，流浪天涯，并在各地受到了不同程度的压迫，地位低下。吉卜赛人不但能歌善舞，而且心灵手巧，他们以自己的智慧为人类和社会做出了应有的贡献，理应受到尊重。

印第安人的夸富宴

　　夸富宴流行于北美洲西北海岸的各印第安人部落，在当地印第安人中，夸富宴是一种极其重要的大型仪式，关系到个人、家族、部落的名誉地位或者世袭特权。夸富宴通常是对抗性的，由挑战的一方做东，主人将会在这种盛宴中向来宾赠送珍贵的礼物，或公开毁掉自己的财产，以便用自己的富有使来宾承认自己的某种要求。宴会上消耗财物的程度代表了主人的地位、自尊、威望和权力，而且也是来宾们借以判断胜负的标志。不肯善罢甘休的来宾将成为下一次夸富宴的主人，他们不仅要回请这次宴会的主人，而且要回赠或毁掉更多的财物，否则就甘拜下风。

✴ 美国的感恩节

　　每年11月份第四个星期四是美国的感恩节，这天，美国人为一年中受到的恩惠而感谢上帝。普利茅斯人于1620年秋从英国乘坐"五月花号"移民到荒芜的新大陆，初到普利茅斯，移民们缺乏经验，缺乏装备，难以适应荒野生活，幸亏在当地印第安人的帮助下才渡过了劫难。当他们喜获丰收时，邀请了当地人举办了第一个感恩节，对他们的援助表示感谢。现代的感恩节就是为了铭记美国那段苦难的历史，模仿第一个感恩节，人们都要吃火鸡，食笋瓜和玉米，还有南瓜饼和印第安布丁等传统甜食。现代的感恩节已成为一个家庭的聚会和假日，人们都回家享受天伦之乐。

✴ 美国的母亲节

美国人把每年 5 月的第二个星期天定为母亲节，在这一天，全国各地都要举行各式各样的庆祝活动以表示对母亲的崇敬。母亲节的倡导者是美国西弗吉尼亚州的一位名叫安娜·贾维斯的妇女。1906 年 5 月 9 日，安娜的母亲不幸逝世，她因为失去母亲而格外悲伤，于是立志完成母亲的遗愿——创立母亲节。经过她的不懈努力，1908 年美国西雅图长老会首先开展颂扬母爱的活动，并建议以石竹花作为母爱的象征。1914 年美国国会通过决议规定每年 5 月第二个星期日为母亲节。在伟大母爱的感召之下，它迅速发展成国际节日，全世界已有 40 多个国家每年庆祝母亲节。

✳ 西伯利亚尼夫赫人的熊节

　　熊节即熊崇拜，是西伯利亚地区许多土著民族所共有的一种宗教活动。在 19 世纪，熊崇拜活动曾是尼夫赫人氏族制度的一项重要内容。尼夫赫人认为，熊本身就是神，每个氏族都有一个共同的熊神。因此，熊崇拜也是整个氏族的集体活动。尼夫赫人过熊节，其目的在于通过被宰杀的熊，向熊神及其亲族供奉祭品，取得神灵的欢心，从而使自己的氏族得到庇佑。熊节由整个氏族来办，其费用由氏族全体成员共同负担。举办熊节要举行一整套复杂的宗教仪式，通常每年春、秋季各举办一次，如遇氏族重要成员死亡或其他全氏族性活动，也要举办熊节。

✹ 墨西哥的恰罗士节

　　墨西哥勇敢的骑手被人们称为恰罗士，他们是受人崇拜的英雄。有一首古老的墨西哥民歌曾经唱道："你要成为恰罗士骑手，那你才算一个墨西哥人。"每年2月5日是墨西哥的恰罗士节，这天，全国300多个恰罗士团体都要举行规模盛大的恰罗骑术比赛。恰罗骑术是一项以马术为主的综合性竞技，是墨西哥特有的民族体育活动，素有"马上芭蕾舞"之美称。在恰罗士节的骑术表演中，还要穿插其他表演。其中有女恰罗士穿着古代骑兵的服装，头带面具，模拟古战场两军交战、相互冲杀的场面。恰罗骑术之花长盛不衰，吸引了各国友人。

✹ 巴西的桑巴舞狂欢节

巴西人民最喜爱的娱乐活动首推桑巴舞。狂欢节时，巴西人跳桑巴，可以连续跳上几昼夜，忘掉了忧愁与烦恼，忘掉了紧张与疲劳，剩下的只有欢乐与享受，桑巴舞已渗透进他们的血液。桑巴舞舞姿优美，舞曲旋律紧张而欢快，令人兴奋、激动。桑巴舞以打击乐伴奏，它是一种集体歌舞，不同于一般的轻歌曼舞，具有豪放和即兴发挥的性质。巴西人最隆重的节日要算狂欢节，已成为世界公认的"狂欢节之乡"，而狂欢节的主要内容就是桑巴舞的比赛和表演。桑巴舞在一年一度的狂欢节得到了长足的发展，对巴西的社会生活和艺术创作产生了深刻的影响。

印度教徒的恒河沐浴

发源于喜马拉雅山、横贯印度东西的恒河，在印度教徒的心目中是一条"圣河"。传说它由女神下凡后化身而成。朝拜恒河可使人增加知识、财富、寿命和荣誉，恒河水可涤除一切罪恶。在恒河里沐浴是印度教徒一生中必做的大事。每日在恒河岸边，都可看见无数沐浴的男女印度教徒，男的光着上身，女的身裹纱巾，缓步走向水中。他们脸色虔诚，双手合十，面向朝阳升起的东方，口中低声诵着神的名字，然后按照印度教规在水中浸洗三次。除了每年举行的沐浴仪式，他们还每12年举行一次规模盛大的"贡巴庙会"，届时，千千万万的印度教徒从四面八方赶来参加。

☀ 印度灯节

公历10～11月间举行，印度教的重大节日之一。传说当罗摩、罗奇曼、悉达和哈奴曼战胜了锡兰十首王罗婆那，返回到阔别14年的首都阿逾陀城时，阿逾陀人全都点上油灯，昼夜欢庆。从此，印度教徒就把这一天看成是罗摩战胜罗婆那，正义战胜邪恶的节日；凭着人们的智慧和劳动，用一排排油灯把漆黑的夜晚变成明亮的白日，所以又把它看成一个光明战胜黑暗的节日。节日的傍晚，每家都忙碌万分，他们把每个角落都打扫得干干净净，在每个角落都点上小油灯，在墙上张贴神像，还要摆上供品祭神，仪式由婆罗门祭司主持，灯光照亮了每个人的心灵。

☀ 希腊巴布节

亦称"妇女接管日"或"老婆婆节",希腊地方民间节日,每年1月8日举行。该节日据传是为了纪念一位大慈大悲的女神而设立的,她主管婴儿出生并为人排忧解难。是日,男人们不准出门,一律在家操持家务、带孩子;女人们则梳妆打扮离家欢度节日。下午4时左右,妇女们簇拥着一辆用花和彩带装饰的彩车来到镇中心广场,车上坐着一位最年长的巴布(老婆婆),她手持象征权威的法杖,下车后登上主席台,宣布庆祝仪式开始。妇女们尽情歌舞狂欢,通宵达旦。谈话声和欢笑声响彻云天。节日的庆祝活动绝不允许男人参加,如有违犯严惩不贷。

加拿大枫糖节

枫糖节系加拿大民间节日,每年3月间举行。枫树盛产于加拿大,这里的人民对枫树有一种特殊的感情,就是国旗上也有一个巨大的枫叶图形,因而,加拿大素有"枫叶之国"的美称。阳春3月,枫树如画,给自然界增添了新的美感。因为枫树能生产枫汁,而枫汁可以制糖,所以每当节日期间,各地生产枫糖的农场粉刷一新,向来自各地的游客开放,还带领来宾到处欣赏美丽的枫林和为游客表演各种精彩的民间歌舞。欢乐的枫糖节每年都要持续到3月底为止。

✳ 德国牧羊人赛跑节

　　每年8月24日后的星期五至星期一举行，前后4天。届时，当地牧羊人举行赛跑，以敬奉牧羊人的守护神使徒巴多罗买。星期五是牧羊人的准备日。星期六一早，村民先去教堂做祈祷、演节目，然后吹吹打打簇拥一辆五彩缤纷的马车，上面坐着去年的牧羊人赛跑得胜的皇后和国王，向村外一片刚收割过的庄稼地里行进。谁想争当皇后或国王，谁就得敢于赤着脚在露着茬的地里参加300米比赛，女子优胜者为皇后，男子优胜者为国王，奖品为公羊。比赛结束后，牧羊人唱歌跳舞，向当年的皇后、国王庆贺。星期日、星期一则是学生比赛及各种文体活动。

✳ 意大利亡灵节

　　每年11月2日为意大利的亡灵节。在这一天，人们纷纷到自己亲属或好友的坟地去洒扫，以寄托哀思，慰藉亡灵。亡灵节前，人们要清扫道路，家里也要打扫干净，拆洗被褥，房间里到处点燃灯火，欢迎死人光临。因为按照传说，这一天死人要返回人间。亡灵节那天，即死者重返人间的时候，要举行隆重的礼仪。这种仪式可在死者的家里举行，也可在公共场所或靠近坟场的地方举行。形式也多种多样，有庄重的葬礼，也有跳舞、唱歌甚至化装假面舞会。过去意大利人在"亡灵节"用的供品主要是蚕豆，如今则采用蚕豆形状的各式糕点。

情人节

　　每年2月14日是西方传统的圣瓦伦丁节，又称"情人节"。它具有悠久的历史，古罗马时代的牧神节，就是一个情侣们的节日，而基督教会把这个节日同基督教联系在一起，并用基督教殉教者瓦伦丁的名字为这个节日重新命名。据传公元3世纪时，罗马皇帝认为已婚男子都不愿离家当兵，即使上了战场也不会成为一个好兵，因此发布了一道禁止结婚的法令。瓦伦丁对此十分忧虑，他违背皇帝的旨意，秘密地为青年人举行婚礼，因此遭到监禁，并于公元271年2月14日死于狱中。人们为了纪念这位敢于与暴君斗争的人，渐渐地使2月14日成为一个恋人们的节日。

☀ 复活节

160

　　在欧美各国复活节是仅次于圣诞节的重大节日。按《圣经·马太福音》的说法，耶稣基督在十字架上受刑死后3天复活，因而设立此节。根据西方教会的传统，在春分节当日见到满月或过了春分见到第一个满月后的第一个星期日即为复活节，故节期大致在3月22日至4月25日之间。吃复活蛋，是复活节期间最重要的、也是最有趣的习俗，人们把它看做是新生命的象征。复活节也是合家团聚、踏青郊游的日子。在西方，不少国家都把节期定为固定假日。此时，正是春暖花开的时节，不少家庭几乎倾城而出，或到公园，或到野外，尽情享受节日的欢乐。

☀ 狂欢节

　　狂欢节是欧美传统节日，一般在2～3月间举行，其具体时间随复活节而定，封斋节前的几天达到高潮。在欧美，狂欢喜庆活动的日期往往和工作假日联在一起。狂欢节的庆祝活动可以用以下几个字概括：（1）吃，因为封斋节40天有许多对某些食品的禁令，封斋前的一天一夜便成为狂欢和盛宴的机会；（2）掷，狂欢的人们以相互投掷东西砸到对方为乐；（3）动，狂欢的人们化装成公鸡、狗等，满街追逐乱跑，现代则比较文明，以化装舞会为主；（4）狂，狂欢节期间是一个完全自由、可以放肆的时机，假面具和化装使整个世界都如痴如狂，整个世界都被颠倒了。

愚人节

　　愚人节也称万愚节，是西方国家的传统节日，节期在每年4月1日。愚人节的起源众说纷纭，较普遍的说法是起源于法国。1564年，法国国王决定采用新的纪年方法，以1月1日为一年的开端。在新历法推行过程中，各地有不少顽固保守分子仍沿袭旧历，拒绝更新，他们依旧在4月1日这天互赠礼物，组织庆祝新年的活动。对这种倒行逆施之举，拥护新法的人们大加嘲弄。他们在4月1日这天给顽固派赠送假礼物，邀请他们参加假庆祝会，并把这些受愚弄的人称为"四月傻瓜"和"上钩之鱼"。以后，人们在这天互相愚弄，日久天长便成为一种风俗。

❋墨西哥的亡灵节

　　每年11月2日是墨西哥的亡灵节。在这天家家户户都要烘烤动物造型的面包、煮鸡肉、巧克力和甜玉米，并在供桌上面摆上一些玩具，因为墨西哥人相信死去的孩子们，会在午夜时分回到自己的家中玩耍；而为死去的长辈们所准备的供桌上，则会陈列亡者的照片、鲜花、水果和彩绘的骷髅头。对墨西哥人来说，他们相信鬼和他们一样需要及时行乐，所以鬼节宛若一场嘉年华会，人们带着骷髅面具四处行走并吃骷髅形状食品。傍晚，全家人一起到墓园清理墓地，妇女们或跪或坐整夜祈祷，男人们交谈或唱歌，在子夜中烛光忽闪忽灭充满了整个墓园，游唱歌者为已逝亡者的灵魂高歌吟唱。

❋万圣节

10月31日，在中世纪是宗教节日前夕，在现代是纵情玩闹的时节。该日也是凯尔特和盎格鲁撒克逊时期的除夕，又是古代烟火节日之一，届时在山顶燃篝火以祛除鬼怪，逐渐成为世俗节日。万圣节前夕的不少习俗已经成为儿童游戏。移居美国的人特别是爱尔兰人，引进了万圣节前夕的非宗教习俗，这种习俗在19世纪后期风行起来。青少年搞种种恶作剧，如掀翻棚屋和房侧小屋，打碎窗户，毁坏物件。后来，这个节日主要由儿童庆祝，他们化装串门，索要糖果等物。在万圣节前夕，人们往往挖空南瓜，刻成鬼脸，里面点起蜡烛；在苏格兰则用萝卜刻制这种鬼脸灯。

☀ 圣诞节

"圣诞节"这个名称是"基督弥撒"的缩写，弥撒是教会的一种礼拜仪式。圣诞节是一个宗教节，我们把它当做耶稣的诞辰来庆祝，因而又名耶诞节。12月25日这一天，世界所有的基督教会都举行特别的礼拜仪式。12月25日原来是波斯太阳神的诞辰，人们都把这一天当做春天的希望、万物复苏的开始，故罗马教会才选择这一天作为圣诞节。圣诞节是基督教世界最大的节日。在欧美许多国家里，人们非常重视这个节日，把它和新年连在一起，而庆祝活动之热闹与隆重大大超过了新年，成为一个全民的节日。圣诞节的主要纪念活动都与耶稣降生的传说有关。

享誉世界的法国服装

　　法国时装在世界上享有盛誉，选料丰富、优异，设计大胆，制作技术高超，使法国时装一直引导世界时装潮流。在巴黎有2000家时装店，老板们的口号是："时装不卖第二件。"在大街上几乎看不到两个妇女穿着一模一样的服装。目前高级时装最有名的有"吉莱热"、"巴朗夏卡"、"吉旺熙"、"夏奈尔"、"狄奥尔"、"卡丹"和"圣洛朗"。近年来，特别引人注目的是巴黎女郎的裙子，其式样之多、款式之新，在别国很难见到。法国人一般很注意服装方面的鉴赏力，也接受比较便宜而不十分讲究的仿制品。

浪漫的法国

　　法国是一个讲文明礼貌的国度。对妇女的谦恭礼貌是法国人引以自豪的传统。法国人见面打招呼最常见的方式是握手，而且一般是女子向男子、年长者向幼者、上级向下级先伸手。法国也是第一个公认以吻表示盛情的国家。但法国人的吻有严格的界限：他们在见到久别重逢的亲友、同事时，是贴脸或颊，长辈对小辈则是亲额头，只有爱人和情侣之间才接吻。法国是世界上公认的最浪漫的国度，新颖的时装、醉人的香水、驰名的化妆品以及秀丽的景色都被当做是法国浪漫情调的象征，每年都有成千上万的情侣或单身男女从世界各地到法国寻找浪漫情怀。

☀ 绅士的英国

　　英国人一向注重服装的得体与美观。男要肩平，女要束腰，衣服平整，裤线笔挺。在某些特定的正式场合还保留了不少传统服装。他们在餐桌旁举止得体：双手放在膝盖上，而不放在餐桌上，刀叉总是放在盘子上，用餐时右手拿刀，左手拿叉；在餐桌旁不个别交谈，大家都注意倾听讲话的人，而讲者也要让大家都能听见。在英国，男士都很有绅士风度，并有许多表示对妇女尊重和谦让的礼仪，如不遵从则被认为是行为粗鲁和缺乏教养。英国人也不无故到人家闲谈，没事先约好就去拜访被视为一种不能原谅的失礼行为。英国人幽默，同时又十分冷漠，感情也不外露。

☀好酒的意大利人

　　意大利是欧洲文明古国，历史悠久，艺术超群。在意大利，风俗习惯新旧交融，千姿百态。而酒对于意大利人来说则是必不可少的。意大利人是一个嗜酒的民族。每个意大利人，不分男女都"会"饮酒。意大利盛产葡萄酒，产量居世界前列。葡萄酒名目繁多，其中"维诺"牌葡萄酒名扬世界。有客人来，首先是以酒相待，就是喝咖啡也要掺点酒，以增加其香味。意大利人也十分讲究喝酒的方式，一般是饭前喝开胃酒；席间视菜定酒，吃鱼时喝白葡萄酒，吃肉时喝红葡萄酒；饭后喝少量烈性酒，并常常加冰块。但意大利人很少酗酒，席间也不劝酒。

☀俄罗斯人用面包和盐待客

俄罗斯人在比较隆重的场合，男人弯腰吻妇女的左手背以示尊重。长辈吻晚辈的面颊三次，晚辈对长辈表示尊重时一般吻两次。妇女间好友相逢拥抱亲吻，男人间则只互相拥抱。在宴会上喝了交杯酒后，男方须亲女方嘴。镜子在俄罗斯是神圣的物品，打碎了意味着灵魂的毁灭。但如果打碎杯、碟、盘则意味着富贵和幸福，因此在喜筵、寿筵和其他隆重的场合，他们还特意打碎一些碟盘以示庆贺。有客人到来，俄罗斯人则在铺着绣花的白色面巾的托盘上放上大圆面包和一小纸包盐。捧出"面包和盐"来迎接客人是向客人表示最高的敬意和最热烈的欢迎。

☀ 自由的美国

美国是一个思想比较自由和开放的国度，相对而言，美国人的社交礼仪比较自由，但美国人也很注意礼貌。美国人穿衣打扮无拘无束，十分随便，无论在大街上还是在小巷，人们的服装形形色色，无奇不有。甚至有人故意标新立异，竞尚新奇，许多老人的衣服比年轻人更艳丽。但美国人不穿背心出入公共场所，更不能穿睡衣出门，晚上有客来也必须在睡衣外套上外衣才能开门见客。美国人的饮食习惯更是五花八门，他们用餐一般不在细致上下功夫，而是讲究效率和方便。在美国，如果你想与朋友见面要事先打个电话，或者在告知自己的愿望后等待对方的邀请。

富士山下的樱花浪漫

　　樱花是日本的国花，它以其华丽的姿容、灼灼如火的色泽而称誉全球。日本人喜欢赏樱由来已久。从 7 世纪时的持统天皇到大将丰臣秀吉时代，历代统治者都极爱樱花。到了德川幕府时代，赏花从达官贵人普及到一般百姓，于是形成了每年 4 月万人争看樱花的"樱花节"。4 月樱花争艳是日本最美好的时光，全家老少或亲朋好友、浪漫情侣、情窦少年，齐聚花满枝头的樱花树下，弹起三弦琴，唱起优美的《樱花谣》，倾诉美好的爱情，实在是人生的极大乐趣。人们认为，即使醉倒在樱花树下也是一种幸福。现在，白雪皑皑的富士山和浪漫的樱花已经成为日本民族的象征。

斗牛士的国度

西班牙素有"斗牛王国"之称，斗牛被认为是西班牙的"国粹"、"国技"，受到世界公众的注目和赞赏。在西班牙，无论是大人小孩都如痴如醉地喜欢看斗牛。西班牙历代作家把它说成是西班牙人生机勃勃、热情奔放、好武尚斗的象征。斗牛在马德里每星期举行一二次，节假日几乎每天都有。在全国众多的节目活动中，斗牛总是最有吸引力和最激动人心的项目。西班牙的斗牛历史悠久，可追溯到公元前克里特岛的米诺斯文明。斗牛这种风俗的产生最初可能与原始人以猎取野兽作为食物有关，后来演变成一种娱乐体育活动形式保存下来。

西班牙的口福节

西班牙人庆祝节日的主要方式是品尝美味佳肴。西班牙一年中有许多节日，且过节必享口福。为饱口福，西班牙人还专门设立了不少节日，其中最有代表性的是每年1月17日莫洛尔吉纳地区的口福节。那天晚上，人们围坐在熊熊燃烧的篝火旁，吃一种不加糖的米饭和用鳗鱼肉做的带有辣味的馅饼，边吃边说，直到深夜。第二天清晨吃面包夹香肠，这香肠也必须是在篝火上烤过的。过不了几天，3月份又要庆祝烹调节。8月份的第二个星期日是螃蟹节。11月的第三个星期四庆祝谷物丰收节，主要吃烤肉和油炸食品。此外还有苹果节、大草莓节、葡萄酒节和火鸡节等。

☀ 德国啤酒节

　　德国啤酒节是世界上规模最大的民间庆典之一，地点在慕尼黑。以每年 5 月为序幕，9 月进入高潮，至 10 月的第一个星期结束。节日那天正午，在十二响礼炮声中由市长打开第一桶啤酒的木桶盖，宣告节日的开始。这时，穿着传统服装的啤酒女郎立即将新鲜的啤酒用容积达 1 公升的单耳大杯川流不息地送到饮客面前。街道张灯结彩，由 7 家大酒厂组成的游行队伍在街头载歌载舞，还有戏剧演出、民歌和音乐会等助兴。穿着麂皮短裤、背心等传统民族服装的人手举啤酒杯，信步往来于大街之上，逢人便喊"干杯"。节庆活动形式多样，但都以啤酒为主题。

☀ 跳桑巴舞的足球王国

巴西体育具有世界水平，特别是足球运动，使它享有"足球王国"的称誉。足球运动19世纪传入巴西。1902年里约热内卢就建立了第一个足球俱乐部。里约热内卢和圣保罗是巴西足球运动的两大中心。同时，巴西人酷爱跳桑巴舞，节假日和宗教仪式时，大街旁、广场上、海滩边，随处都可见到巴西人跳起欢快的桑巴舞。巴西人把他们酷爱的桑巴舞和足球运动相结合，造就了独具特色的巴西桑巴足球艺术。巴西人踢起足球都带着特殊的桑巴舞蹈节奏。桑巴足球王国曾于1958年、1962年、1970年、1994年和2002年的世界杯足球赛上五次捧走冠军杯，巴西足球艺术成为世界体育的财富。

巴西狂欢节

巴西有"狂欢节之乡"的美称，每年2月中下旬的狂欢节是这个国家最隆重的节日。节日期间，全国放假5天，举行大规模的庆祝活动。活动中最引人注目的是各市桑巴舞学校的游行演出。各校的数千名学员，穿上各式服装，或戴上面具，或画上花脸，簇拥在彩车前后，表演丰富多彩的舞蹈节目。彩车上有人们推举出来的"国王"和"王后"，他们做一些妙趣横生的表演。人群中欢呼声此起彼伏，不时向演员们投去彩色纸带和花絮，既是助兴，也是预祝被投中者幸福。众多舞迷随着乐曲节拍扭成一团。场面气氛热烈，情绪高昂，全国都沉浸在欢乐的气氛之中。

ok

☀ 友善的加拿大人

　　加拿大人比较随和友善，易于接近。他们讲礼貌但不拘于繁琐礼节。一般认识的人见面要互致问候。男女相见时，一般由女子先伸手。女子如果不愿意握手，也可以只是微微欠身鞠个躬。如果男子戴着手套，应先摘下右手手套再握手。女子间握手时则不必脱手套。加拿大人喜欢直呼其名，以表示友善和亲近。加拿大人热情好客，亲朋好友之间请吃饭一般在家里而不去餐馆，认为这样更友好。在加拿大一般应邀去友人家吃饭不需送礼物。但如去度周末或住几天，则应给女主人带点礼品，回到家中后应立即给女主人写封信，告诉已平安到达，并对受到的款待表示感谢。

☀ 埃及以肚皮舞待客

在埃及，热情好客的主人常常邀请宾客到大旅馆或夜总会吃美味餐，欣赏肚皮舞，这被认为是高贵的礼遇。肚皮舞为女子舞蹈，也称东方舞，多为独舞。舞蹈者体态丰腴，但不臃肿。由于伊斯兰教教义规定，妇女只准手和脸外露，因此舞女服饰有严格规定，违反者要受罚。村镇舞女一般只穿阿拉伯大袍，胯骨上系一宽带。肚皮舞的特点是颤动腰、臀、胸部的肌肉，舞姿自由不拘。肚皮舞在埃及百姓中有着广泛的影响。埃及的女孩尤其喜爱肚皮舞，不少人无师自通。在朋友聚会或办吉庆喜事时，只要鼓掌声一起，就有人找一根带子围在胯上，脱掉鞋扭起来。

音乐之都维也纳

号称"音乐之乡"的奥地利音乐艺术历史渊远流长。其首都维也纳最受世人青睐的也是它的音乐，是世人公认的"音乐之都"。世界上最伟大的音乐家——贝多芬、莫扎特、舒伯特、海顿、约翰·施特劳斯、勃拉姆这些世界音乐大师的名字都与维也纳分不开。世界上最著名的音乐大师贝多芬的雕像矗立在内环城路的一个广场中央。作为音乐名城的维也纳，全市约有30万架钢琴，28家歌剧院、70家电影院，各式各样的音乐厅遍及全城。每年元旦前夜，在维也纳国家歌剧院举行新年音乐会已成为一种惯例，均由世界最著名的指挥家指挥，是世界著名的古典音乐盛会。

☀ 人间的奇妙幻境——迪斯尼乐园

174

世界最著名的游乐园，1955年建于美国洛杉矶东南角45千米处。由著名动画片制作人沃尔特·迪斯尼设计，并以其名字命名。占地约30万平方米，围绕美国一条街、冒险世界、拓荒世界、神奇世界、明日世界5个主题设计了许多游乐项目。有餐厅、商店以及大型停车场配套。游客入园先由米老鼠握手问候，拍照留念。游览节目惊险有趣，融现代化科学技术与丰富想象于一体。游乐园适合各种年龄游人游乐，每年吸引包括许多国家领导人在内的约1400万名游客。

☀ 扫荡全球的好莱坞冲击波

好莱坞是美国影都。美国电影界及工商界等绝大部分视影片为商品，认为它是赚取巨额利润的极好手段，而政界则又把好莱坞的产品，即影片，视为是最好的宣传手段。因而，凭借其人才的优势、高超的推销手段以及其他国家所不能比拟的雄厚资金和先进设备，好莱坞的电影风靡全球，成为世界其他地区的人们了解美国的一个窗口。但是也要看到，好莱坞的影片对于各国民族电影也造成了很大的冲击，因而引起了各国电影工作者的警惕。客观地讲，好莱坞冲击波也促进了其他地区的电影工作者提高自身在拍摄、营销等方面的水平，以接受好莱坞的挑战。

✳ 威尼斯电影节

世界上第一个国际电影节，号称"国际电影节之父"。1932年8月6日在意大利的名城威尼斯创办。主要目的在于提高电影艺术水平。1934年举办第2届后每年8月底至9月初举行一次，为期两周。1943～1945年因第二次世界大战一度停办。大战结束后于1946年恢复举行。电影节的主要活动项目有：（1）对正式参加比赛的影片进行评奖；（2）举行会外观摩演出；（3）举办回顾展；（4）召开各种专题讨论会；（5）开设国际电影市场。电影节的主要奖品有"圣马克金狮奖"、"圣马克银狮奖"、"圣马克铜狮奖"、"评委会特别奖"等。分别授予最佳影片、导演、编剧、男女演员、音乐、摄影等。

❋ 戛纳国际电影节

　　世界最大、最重要的电影节之一。每年 5 月在法国戛纳举行，时间为期两周左右。1946 年 9 月创办。每年都有几十个国家和地区参加，放映数百部影片。参加人数多达数万人。电影节的主要目的是评价世界各地有艺术价值的优秀影片，鼓励各国之间的文化交流与合作，促进参展的影片更多地在电影院做商业性的发行放映。主要活动项目有：（1）分别举行各类影片的比赛和评奖；（2）举行会外映出或专场映出；（3）开设国际电影市场，展销影片；（4）举办回顾展。奖品名目繁多，主要有"金棕榈奖"、"评委会特别奖"等。分别授予最佳影片、导演、男女演员、编剧、摄影、剪接等。

❋ 柏林电影节

世界第一流的国际电影节之一，在德国柏林举行，1951 年创办。每年有几十个国家和地区参加，放映影片 200～300 部。电影节每年举行一次，原来在 6 月底开始举行，后为了和法国的戛纳国际电影节竞争，1978 年起提前至 2 月底到 3 月初举行，为期两周。电影节的主要目的是通过放映世界各地的影片促进世界各地电影工作者的交往。主要活动项目有：(1) 举行影片比赛评奖；(2) 举行会外映出；(3) 举办回顾展；(4) 设立电影市场；(5) 举办宣传品展览会。主要奖项有“金熊奖”、“银熊奖”、“评委会特别奖”。分别授予最佳影片、导演、男女演员、编剧、摄影、音乐、美工等。

莫斯科电影节

在俄罗斯莫斯科举行的电影节，世界上最重要的国际电影节之一。1959 年创办，两年一次，7 月或 8 月举行，为期两周。自创办以来规模不断扩大，参加国有近百个，放映影片达数百部。电影节的主要目的是通过放映具有艺术价值和思想内容的影片，促进各国电影工作者交流经验和相互合作。主要活动项目有：(1) 由 3 个评委会分别对故事片、儿童片、短片进行评奖；(2) 举行会外映出和专场映出；(3) 分别召开各种专题讨论会；(4) 举办回顾展；(5) 开设电影市场。奖项较多，主要有“金质奖”、“银质奖”、“评委会特别奖”。分别授予最佳影片、导演、男女演员等。

❋ 雷米特杯和大力神杯

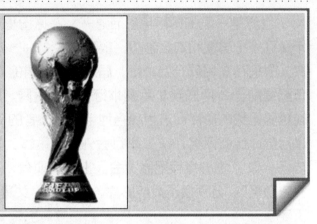

178

　　两者都是世界足球锦标赛的冠军奖杯，代表足球运动的最高荣誉。雷米特杯又常被人们称为"女神杯"，这是因纪念在1921～1954年间担任国际足联主席的法国人朱勒斯·雷米特而命名的。由法国著名技师拉弗列尔依据古希腊胜利女神——尼凯的形象铸造，共用1800克纯金，金杯高30厘米。雷米特杯在巴西三度夺冠后永远归其所有。它象征荣誉，自身却多灾多难，先后经历了被盗乃至最后被窃贼所毁的厄运。女神杯被毁后，国际足联又请设计师加扎尼亚重新设计了一座由两个大力士双手高举地球，高36厘米，重5000克，成色18K金的大力神杯，这座奖杯是流动奖杯。

❋ 伤残人奥林匹克运动会

简称"伤残人奥运会"。国际伤残人体育组织主办，只限伤残人参加的世界伤残人综合性运动会。宗旨是："挑战与征服、和平与友谊、参与与平等"。创办于1960年，每4年举行一届（与奥运会同年举行），一般在每届奥运会闭幕后随即举行。项目设有16个大类730个小项。比赛根据运动员的伤残程度分等级进行。1960年开始举行伤残人冬季奥运会，是伤残人奥运会的组成部分，习惯上把非冬季项目的伤残人奥运会称为"夏季伤残人奥运会"。伤残人奥运会代表着伤残人应受到正常的对待和尊重。

❋ 古代奥林匹克运动会

古希腊的体育运动会，因在希腊奥林匹亚举行而得名，是古希腊四大运动会中规模最大、影响最深的运动会之一。每隔1417天（即4年）举行一次，并称这一周期为"奥林匹亚德"。首届于公元前776年举行。至394年共举办过293届，经历1168年。会期历届不同，项目每届不一，从第1届至第13届仅为短跑一项，以后历届增多。古奥运会规定：参赛者必须是具有自由公民身份的希腊人，外国人均不得参加；仅限男子参加，且须赤身露体。

奥林匹克运动的历史

　　奥运会是国际奥林匹克运动委员会主办的世界综合性运动会。1888年法国人顾拜旦提出恢复奥运会的建议，为1894年巴黎国际体育会议接受。1896年在希腊举行第1届。此后，每4年举行一届。为有别于古代奥运会，又称"现代奥运会"。如因故不能举行，届数仍予计算。至今已举行29届，其中因两次世界大战中断了3届。会期包括开幕式在内，不得超过16天。1924年，国际奥委会开始举办冬季奥林匹克运动会，习惯上将非冬季项目的奥运会称为"夏季奥运会"。

奥运"鼻祖"——顾拜旦

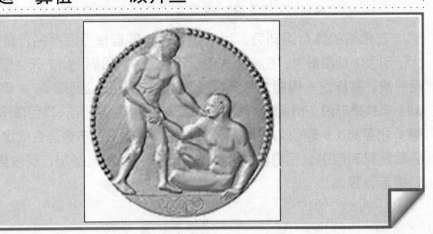

顾拜旦（1863-1937）是法国史学家、教育家，现代奥林匹克运动会创始人。大学毕业后从事教育工作。1883年首次提出定期举行世界性体育比赛的主张。1888年提出恢复奥运会的建议，1894年组织召开了恢复奥林匹克运动代表大会，成立了有12个国家参加的国际奥林匹克委员会，亲自设计奥运会会旗、会徽，制定宪章，并被选为该会秘书长。1896～1925年任国际奥委会第二任主席。任职期间，对奥林匹克运动的发展作出重要贡献。1925年任终身名誉主席。1937年病逝于日内瓦，按其遗愿，遗体葬在国际奥委会总部所在地洛桑，心脏则埋在奥林匹克发源地奥林匹亚。

❋ 萨马兰奇

萨马兰奇（1920- ），从1980年起开始担任国家奥林匹克运动委员会第8任主席，一直到2002年卸任，连续担任国际奥委会主席达22年。萨马兰奇是西班牙社会活动家，曾任巴塞罗那省议会议员、议长和西班牙驻苏大使等职。1967～1970年任西班牙体育运动委员会主席、西班牙奥委会主席。1966年当选为国际奥委会委员，1970年被选为执委会委员，1980年起任主席。任职以来，在推动发展中国家体育事业的发展，体育运动的普及、提高，使奥林匹克运动尽可能摆脱政治影响等方面，作出了杰出的贡献。

☀ 奥林匹克运动精神

　　随着现代奥林匹克运动的兴起而诞生的一种崇高的体育精神。其核心内容可以用"和平、友谊、进步"六个字来概括。在奥林匹克宪章、格言和会旗等方面均有具体体现。宪章规定，举办奥运会目的在于促进和加强各国运动员之间的友谊。著名的格言有："更高、更快、更强"，"重要的是参与"，"体育就是和平"。五环会旗则象征着五大洲的团结，各国运动员公正坦率的比赛和友好精神。奥林匹克运动会虽曾因两次世界大战的爆发而中断举行，但奥林匹克运动会排斥的是战争、暴力和歧视，它所追求的是全人类的和平与友谊、世界的和谐与安宁。

☀ 五环旗的理想

　　五环旗是奥林匹克的标志，最早是根据1913年顾拜旦的提议设计的。它由五个奥林匹克环套组成，可以是单色，也可以是蓝、黄、黑、绿、红五种颜色。环从左到右互相套接，上面是蓝、黑、红环，下面是黄、绿环。整个造型为一个底部小的规则梯形。奥林匹克标志象征五大洲和全世界的运动员在奥运会上相聚一堂，充分体现了奥林匹克主义的内容，"所有国家所有民族"的"奥林匹克大家庭"的主题。随着时间推移，对五环旗的阐释也发生了变化，现在，它不仅象征五大洲的团结与和平，而且强调所有参赛运动员应以公正、坦诚的运动员精神在比赛中相见。

☀ 奥运圣火

　　古代奥运圣火是奥林匹克运动延续的象征，采集圣火火种在奥林匹亚古遗址进行。人们用一面凹面镜，聚集太阳光能量引燃火把。采集仪式上，一位少女身着类似古代的长袍点燃火把，然后传递给第一个接力运动员。现代奥林匹克运动恢复后，1912年顾拜旦提出了点燃奥林匹克圣火的建议，1928年开始实施点燃奥林匹克圣火的仪式。自1936年第11届夏季奥运会后，奥林匹克圣火开始从奥运会的故乡希腊奥林匹亚点燃火炬，然后将火炬接力传到主办国，并于奥运会开幕前一天到达举办城市，开幕式时进入会场，一般由东道国著名运动员点燃塔上焰火，直到闭幕时熄灭。奥林匹克圣火是为了纪念在第一次世界大战中牺牲的战士，而火炬传送则象征向全世界传播着光明、团结、友谊、和平、正义。

图书在版编目（CIP）数据

人文风景线／杨佳编.—长春：吉林出版集团有限责任公司，2009.3
（全新知识大搜索）
ISBN 978-7-80762-593-3

Ⅰ．人… Ⅱ．杨… Ⅲ．人文科学－青少年读物 Ⅳ．C49

中国版本图书馆CIP数据核字（2009）第027858号

主　　编：杨佳
编　　委：韩秀林　朱永香

人文风景线

策　　划：刘野　　责任编辑：曹恒
装帧设计：艾冰　　责任校对：孙乐
出版发行：吉林出版集团有限责任公司
印刷：长春市东文印刷厂
版次：2009年4月第1版　印次：2009年4月第1次印刷
开本：787×1092mm 1/16　印张：12　字数：120千
书号：ISBN 978-7-80762-593-3　定价：19.80元
社址：长春市人民大街4646号　邮编：130021
电话：0431-85618717　传真：0431-85618721
电子邮箱：tuzi8818@126.com